COLLECTION FOLIO

Sylvie Germain

Les Personnages

Gallimard

Cet ouvrage a été précédemment publié dans la collection
« L'un et l'autre » aux Éditions Gallimard.

Le Livre des Nuits (Folio n° 1806), le premier roman de Sylvie Germain, a été salué par une presse unanime et a reçu six prix littéraires : le prix du Lions Club International, le prix du Livre insolite, le prix Passion, le prix de la Ville du Mans, le prix Hermès et le prix Grevisse. Son deuxième roman, *Nuit-d'Ambre* (Folio n° 2073), paru en 1987, est la suite du *Livre des Nuits*. Son troisième roman, *Jours de colère* (Folio n° 2316), a obtenu le prix Femina en 1989.

Elle a ensuite écrit un récit, *La Pleurante des rues de Prague* (Folio n° 2590), *Immensités* (Folio n° 2766) en 1993, *Éclats de sel* en 1996, *Tobie des marais* en 1998 (Folio n° 3336) et *Chanson des mal-aimants* (Folio n° 4004) en 2002, Grand Prix Thyde-Monnier 2002 et prix des Auditeurs de la RTBF 2003. *Magnus* (Folio n° 4544) a obtenu le prix Goncourt des lycéens 2005. Elle a publié depuis *L'inaperçu* et *Hors champ*.

DÉAMBULATIONS

Je suis celui à qui les lettres obscures disent :
Écris et tu seras !
Lis et tu trouveras !

MAHMOUD DARWICH

1

Un jour, ils sont là. Un jour, sans aucun souci de l'heure.

On ne sait pas d'où ils viennent, ni pourquoi ni comment ils sont entrés. Ils entrent toujours ainsi, à l'improviste et par effraction. Et cela sans faire de bruit, sans dégâts apparents. Ils ont une stupéfiante discrétion de passe-muraille.

Ils : les personnages.

On ignore tout d'eux, mais d'emblée on sent qu'ils vont durablement imposer leur présence. Et on aura beau feindre n'avoir rien remarqué, tenter de les décourager en les négligeant, voire en se moquant d'eux, ils resteront là.

Là, en nous, derrière l'os du front, ainsi qu'une peinture rupestre au fond d'une grotte, nimbée d'obscurité. Une peinture en grisaille, mais bientôt obsédante.

Là, à la frontière entre le rêve et la veille, au seuil de la conscience. Et ils brouillent cette mince frontière, la traversent continuellement avec l'agilité d'un contrebandier, la déplaçant, la distordant.

Là, plantés sur ce seuil mouvant avec la violence immobile et mutique d'un mendiant qui a jeté sur vous son dévolu et qui ne partira pas avant d'avoir obtenu ce qu'il veut.

Mais que veut un mendiant qui ne dit rien, ne tend pas la main, ne vous regarde même pas dans les yeux ?

D'ailleurs, ils ne se présentent pas toujours de face, il leur arrive de ne se montrer que de profil, de trois quarts, ou carrément de dos. Certains se tiennent debout, d'autres assis, ou encore allongés. Et tout le temps que dure leur visite (des mois, parfois des années), ils ne changent pas de position. Ils demeurent tels qu'à l'instant de leur première apparition. Sauf exception.

Ils ne se présentent jamais en groupe, pas même à deux. Chaque personnage est unique et surgit solitairement. Ce peut être un homme, une femme, de n'importe quel âge, de l'enfance à la grande vieillesse, et d'apparence quelconque. C'est l'opiniâtreté de sa présence qui le rend remarquable, non son aspect.

Du début à la fin de sa visite sous forme d'image crypto-frontale, il reste seul. Des mois, des années, farouchement seul. Il ne se lève, ne s'anime et ne se laisse rejoindre par d'autres personnages qu'à partir du moment où son « hôte » décide enfin de se mettre en mouvement d'écriture pour tenter de convertir son image obsédante en récit.

2

Tous les personnages sont des dormeurs clandestins nourris de nos rêves et de nos pensées, eux-mêmes pétris dans le limon des mythes et des fables, dans l'épaisse rumeur du temps qui brasse les clameurs de l'Histoire et une myriade de voix singulières, plus ou moins confuses. Des dormeurs embués de nuit, pénétrés de chants lointains et de murmures, et tressaillant d'un désir de jour, de chants audibles, de langage intelligible.

Des dormeurs qui, à force de rêver dans les plis de notre mémoire, à fleur d'oubli, finissent par être touchés par un songe monté des profondeurs de la mémoire, du cœur spiralé de l'oubli. Car un songe est autre que le rêve, plus insoupçonné et troublant encore, ses racines ne s'enroulent pas seulement dans l'obscur terreau de notre inconscient, elles s'enfoncent bien en deçà, s'élancent bien au-delà, s'échevellent dans les marges du moi. Le songe sème en nous des bris scintillant d'un savoir que nous ne possédons pas, comme le dit le poète Denis Clavel dans *La théorie de Delphes* :

un jour je vous dirai la différence entre le songe et les rêves
l'épluchure de l'esprit c'est le rêve
même si le fruit est parfait il y a des restes
le songe est parole pour l'âme
même si la parole est imparfaite il y a le chant
Dieu ne dit pas en songe que la mort est vivante
Il dit que la vie est désirable même à l'heure de la mort
je ne dis pas qu'un songe est préférable
je dis qu'il diffère venant du dehors
et non issu de nous comme un rêve
et l'âme sait des choses que l'esprit ne sait pas.

Ainsi naissent les personnages de fiction : tels des dormeurs se réveillant soudain sous l'intrusion d'un songe, ce météore du désir. Ils naissent d'un éclair de désir déchirant nos brumes mentales où errent des cortèges de silhouettes évanescentes, arrachant au cours chaotique de nos rêveries une de ces silhouettes pour la jeter, hagarde et solitaire, à la lisière de notre conscience. Ils naissent de la condensation d'images floues, fugaces, sous le feu d'un regard qui, bien que très intimement nôtre, se dérobe à nos propres yeux.

Ils naissent d'un rapt commis là-bas, aux confins de notre imaginaire où, furtivement, dérivent des rêves en archipel, des éclats de souvenirs et des bribes de pensée. Et ils savent des choses dont nous ne savons rien.

3

À peine né à notre conscience, chaque personnage souhaite naître de nouveau, *autrement.* Il veut naître au langage, s'y déployer, y respirer. S'y exprimer.

Il veut avoir une vie textuelle.

Doué d'une patience minérale, ce mendiant silencieux attend de recevoir une aumône qu'il estime lui être due.

Le don d'une peau couleur de feuille où naître à une vie d'encre, le don d'une chair de mots, d'un sang verbal. L'offrande d'une histoire dont lui-même ne sait rien de précis, et nous bien moins encore, mais qui lui revient au nom d'une dette énigmatique contractée par nous du seul fait de l'avoir laissé dormir dans les douves de notre imaginaire, enveloppé dans sa chrysalide de songe, et de l'avoir bercé dans les houles de nos rêves.

Sans une parole il revendique le droit de s'extraire de ces limbes où il a longtemps sommeillé, et d'enfin recevoir la possibilité d'agir. Sans une parole il nous dicte son vœu, lequel a force d'ordre tant il est impérieux : *être écrit.*

Il a l'autorité du songe.

Il a la force incantatoire des suppliants de la tragédie grecque dont Maurice Blanchot dit, dans *L'entretien infini* : « Le suppliant et l'étranger ne font qu'un : tous deux privés de tout, étant privés de ce droit qui fonde tous les autres et que crée seule l'appartenance au foyer. E. Beaujon nous rappelle que le mot grec, traduit par "suppliant", veut dire au sens propre : celui qui vient ; ainsi le suppliant est-il l'homme de la venue, toujours en route parce que sans lieu, à propos duquel il faut donc poser la question mystérieuse entre toutes, celle de l'origine. [...] Tout arrivant propose une vérité qu'il ne faut pas mettre à la porte ; mais qu'on lui donne accueil, et qui sait jusqu'où elle vous conduira ? »

Sa force incantatoire est d'autant plus troublante qu'elle est paradoxale : le personnage en effet ne dit rien, alors que le propre du suppliant est de parler, la parole, la prière, la supplique étant tout ce qui lui reste. « Le suppliant est, par excellence, le parlant. Par la parole, il est, lui le très bas, en rapport avec le très haut et, sans rompre l'éloignement, il fait venir son puissant interlocuteur dans un espace qui ne leur est pas encore commun, mais qui est entre les deux : cet entre-deux (vide et sacré) est le lieu même du milieu, la mystérieuse "chose médiane". »

Il ne dit rien, certes, mais il est si passionnément désireux de passer dans la langue, d'être accueilli dans l'écriture, qu'il fait vibrer le langage en sourdine. Son corps immatériel est tissé de mots en vrac, ourlés de nuit et cousus de silence.

Alors le langage se met à remuer étrangement dans la pensée encore indécise du romancier sollicité. Il remue, il remue, comme une eau inquiète, une lave en tourment, balbutiante...

4

Et c'est ainsi que, sans prononcer un mot, les personnages nous somment de fabuler.

Tant pis si le romancier « commis d'office » n'a sur le coup rien à raconter, le personnage, lui, exige que ce *rien-là* soit dit. Car ce rien est tout de même quelque chose, un tremblement de supplication, un appel où se profile une promesse. La promesse d'une découverte d'un petit pan de réalité demeuré jusque-là enfoui, ou du moins négligé.

Les personnages ne sont pas seulement semblables aux suppliants de la tragédie grecque, ils se comportent aussi à la façon du « maître dont l'oracle est à Delphes [qui] ne dit ni ne cache mais donne des signes », selon Héraclite.

Des suppliants muets qui jouent aux oracles. Ils n'imposent rien (hormis leur présence lancinante), ne dictent pas, n'affirment ni ne condamnent, ils proposent juste des possibilités de vie, de sens, soulèvent des questions inattendues, des étonnements, suggèrent des pistes dérobées pour renouveler notre exploration du réel qui est si dense et si complexe qu'il reste toujours inépuisable.

Ils pointent le langage, cette lymphe sonore où nous baignons en permanence, comme un horizon vers lequel nous remettre en route. Ils distendent et distordent tout, introduisant (ou plutôt révélant) de l'inconnu dans ce qui nous paraissait évident.

Et notre propre langue nous redevient ardue, difficultueuse. Il nous faut la revisiter, refaire connaissance avec elle, nous confronter à nouveau à ses lois et à ses exigences, parcourir avec attention ses labyrinthes.

Il nous faut réapprendre à écrire. On ne fabule pas sans une certaine discipline.

5

S'inspirant de la vocation prophétique d'Ézéchiel, Jean décrit dans l'Apocalypse sa vision d'un Ange au visage solaire auréolé d'un arc-en-ciel, un pied posé sur la terre, un autre sur la mer, et tenant dans une main « un petit livre ouvert » qu'il lui donne à manger. « Tiens, mange-le » (Ap. 10. 1-11).

Et Jean l'avale, il le dévore. Il avale le petit livre dont il ignore le contenu ; bien que présenté ouvert, ce livret en effet n'a pas été proposé à sa lecture. On l'imagine aveuglant, cet opuscule, couvert de mots ignés, béant de blancheur, prodigieusement vide.

C'est que, peut-être, le livre est vierge, qu'il reste à écrire ? Il revient à Jean d'en deviner les mots non tracés, d'en inventer le contenu — en s'oubliant lui-même, en se concentrant sur la vision qu'il a eue. Une vision ample et structurée comme un tableau. Un tableau animé et sonore de surcroît, retentissant même, avec sa clameur pareille au rugissement du lion et ses sept tonnerres tonitruants.

Jean est à la fois spectateur/auditeur de ses visions éclatantes, et « acteur » au sein de ce théâtre visionnaire. Il monte « sur la scène », répond à l'interpellation de l'Ange colossal qui tient le rôle majeur, alors que lui-même n'a qu'un rôle minime, celui de scribe.

Il s'élance dans la splendeur de sa scène intérieure, grande ouverte sur le plus extrême dehors.

Les personnages ne sont nullement des anges, ni les romanciers des prophètes, loin de là. Ils n'en procèdent pas moins de manière comparable : les premiers captent toute l'attention des seconds. Et c'est eux-mêmes — leur silhouette sans consistance encore — que les personnages offrent à manger à l'auteur du livre à écrire.

Manger une image ombreuse, l'avaler en bloc sans avoir eu le temps de l'observer, de la goûter, et devoir en faire un livre : telle est la gageure.

Mais c'est alors que vient la faim, en absorbant l'image intérieure, en ingurgitant le désir du personnage.

La faim d'écrire, de traduire on ne sait même pas quoi (un silence gros d'inconnu) dans les mots coutumiers de sa langue. Traduire à partir d'une étrangeté intime dans une langue qui appartient à tous. Et cette traduction est pure improvisation.

La fidélité de cette traduction paradoxale réside précisément dans la liberté et la spontanéité d'invention du romancier se mettant à l'écoute du personnage qui requiert son attention, sa collaboration, et qui se montre souvent imprévisible.

6

« Je pris le petit livre de la main de l'Ange et l'avalai : dans ma bouche il avait la douceur du miel, mais quand je l'eus mangé, il remplit mes entrailles d'amertume. »

Derechef un paradoxe. Mais le jeu des contradictions est au cœur de la vie et de toute créativité. Jean, dans son exil sur l'île de Patmos, savoure la douceur du message annonçant la victoire à venir de sa foi, et presque aussitôt il éprouve l'amertume des souffrances qu'il faudra encore endurer au nom de cette foi.

Son amour est soumis à la guerre.

Il y a de la douceur dans la visite impromptue d'un personnage — celle de la possibilité d'une histoire à découvrir, d'une surprise, donc. Il y a éveil de la curiosité, relance du désir de se colleter avec son propre imaginaire, avec sa langue. Il y a de la jubilation dans la perspective de partir, ou de repartir à l'aventure dans les géographies aussi vastes qu'accidentées du langage. Il y a quelque chose de l'émoi et de l'allégresse au tout début d'une rencontre amoureuse. On ne sait pas où l'on va, mais on a une folle envie d'y foncer.

Il y a une obscure volupté dans ce jeu de séduction. Le personnage ne s'offre-t-il pas en nourriture ? Tiens, mange ! « Mange mon image, croque la promesse littéraire que je suis, déguste les mots exquis dont je suis imprégné, savoure le sens dont je suis chargé… », semble traîtreusement suggérer le personnage.

Et puis, c'est aussi un formidable soulagement, car on se dit que l'étrange et si capricieux mécanisme de l'inspiration n'est pas cassé, que l'on a peut-être encore quelque chose à inventer, à raconter. On entrevoit quelques beaux jours d'encre devant soi. Alors on avale avec avidité le personnage qui s'avance masqué en promesse de jouissance d'écriture.

Mais ce n'est qu'une ombre que l'on avale. Un pan d'ombre rêche, évanescent, à tout moment soluble dans l'oubli. C'est un peu de nuit que l'on mange, juste de quoi enflammer la faim d'écrire sans aucunement la satisfaire. Et très vite on lui trouve un goût amer, à cette bouchée d'ombre trompeuse. Elle a l'âcreté d'une promesse qui se révèle très improbable quant à sa réalisation, l'acidité d'un amour contrarié, d'une résistance imprévue. Et l'on se demande si on n'a pas été victime d'une illusion, dupe d'une séduction sans lendemain.

On mesure surtout rapidement que l'on risque de ne pas être à la hauteur du désir suscité en nous par l'apparition du personnage à la lisière de notre conscience. On doute de réussir à trouver les mots qui donneront « chair et vie » à ce personnage, à trouver le souffle qui l'embarquera dans une histoire cohérente et digne d'intérêt.

On doute de tout : du personnage, de soi, de soi écrivant, de l'acte d'écrire en général et de l'art de la fiction en particulier... Le doute entre en expansion, il finit même parfois par atteindre le langage — chaque mot devient incertain, la grammaire s'embrouille, on commence à bredouiller mentalement.

Toute écriture est soumise au doute. Un doute qui peut se faire démesuré, accablant ; qui peut s'infecter jusqu'à engendrer la panique, la folie.

Voilà, le personnage s'est faufilé en nous, comme un ennemi dans une forteresse, comme le « malin génie » dans l'esprit de Descartes, et il nous met au défi de « prouver » son existence par la force du langage, de faire s'épouser le rêve et la réalité par la magie du verbe.

7

Ézéchiel, encore. Ézéchiel et sa fameuse vision des ossements desséchés jonchant une vallée où la main du Seigneur l'a précipité. « Il me dit : "Fils d'homme, ces ossements vivront-ils ?" Je dis : "Seigneur YHWH, c'est toi qui le sais." Il me dit : "Prophétise sur ces ossements. Tu leur diras : 'Ossements desséchés, écoutez la parole de YHWH. Ainsi parle le Seigneur YHWH à ces ossements. Voici que je vais faire entrer en vous l'esprit et vous vivrez. Je mettrai sur vous des nerfs, je ferai pousser sur vous de la chair, je tendrai sur vous de la peau, je vous donnerai un esprit et vous vivrez'"... » (Éz.37.3-6).

Et le prophète inspiré prophétise, selon sa vocation et son embrasement. Aussitôt un bruit se fait entendre : « Il y eut un frémissement et les os se rapprochèrent les uns des autres. Je regardai : ils étaient recouverts de nerfs, la chair avait poussé et la peau s'était tendue par-dessus... »

Mais il leur manque encore l'esprit pour devenir vivants. Et le prophète est enjoint d'invoquer le souffle de l'Esprit afin de dynamiser ces squelettes vêtus de chair et de peau.

« "Prophétise à l'esprit, prophétise, fils d'homme. Tu diras à l'esprit : [...] Viens des quatre vents, esprit, souffle sur ces morts, et qu'ils vivent." Je prophétisai comme Il m'en avait donné l'ordre, et l'esprit vint en eux, ils reprirent vie et se mirent debout sur leurs pieds : grande, immense armée » (Éz.37.9-10).

Ce ne sont pas des os, mais des ombres que le romancier (sur qui la fulgurante main de Dieu néglige de se poser) a à vivifier. Et il ne lève pas des armées, ne met pas des foules en branle, juste quelques personnages, voire un seul au début de son entreprise.

Quant aux nerfs qu'il doit tendre dans les corps immatériels qui se présentent à lui, ils consistent en une structure et un rythme à leur conférer. La chair dont il doit les lester est à la fois un « poids » d'humanité, une vraisemblance de caractère et une cohérence de destin — si tumultueux, saugrenu ou tragique soit celui-ci. Enfin, la peau dont il doit les vêtir relève d'une singularité ; toute peau humaine a un grain particulier, et même la peau la plus endurcie cache des zones de vulnérabilité. La « carnation » est une touche de fragilité, un brin de complexité individualisant le processus d'« incarnation ».

Donner une carnation aux mots. Les pourvoir d'un volume, d'une couleur, d'une saveur, d'une texture et d'une tessiture. Les doter d'une capacité de réverbération, au sens sonore et au sens lumineux. Tel est le travail qui incombe au romancier répondant à l'appel des personnages.

8

Mais cela suffit-il ? Les personnages vivront-ils ? Ne leur manque-t-il pas encore l'esprit ?

« Je regardai : ils étaient recouverts de nerfs, la chair avait poussé et la peau s'était tendue par-dessus, mais il n'y avait pas d'esprit en eux. »

Inutile d'invoquer les quatre vents, comme Ézéchiel. Le romancier au travail n'est pas missionné par Dieu, il n'est ni béni ni mû par sa main toute-puissante. Ce qui se faufile en guise de force occulte dans la main de l'écrivant et y œuvre en « sous-main » ne tombe pas du ciel mais sourd de la rumeur qui bruit et bouge en lui, autour de lui, et il n'a d'autre « esprit » à donner à ses personnages que littéraire.

Le romancier est-il d'ailleurs le mieux placé pour estimer la teneur en esprit de ses personnages ? Cette évaluation n'échoit-elle pas plutôt au lecteur, ce complice ambigu de l'écrivain, capable d'entrer autant en résonance et connivence avec l'imaginaire d'un auteur qu'en discordance et allergie, et qui s'arroge un droit de vie et de mort « post-scriptum » sur les personnages qu'il rencontre au cours de ses vagabondages dans l'espace des romans ?

Mais le lecteur n'a pas sa place ici, il n'assiste pas à la naissance des personnages, son rôle de juge n'intervient que bien plus tard, lorsque les dés sont déjà jetés, que le processus de traduction est achevé.

Peut-être est-ce au personnage, finalement, qu'il revient de juger de sa propre viabilité et de décider si l'esprit lui est venu ou non, si le temps est arrivé pour lui de « se mettre debout sur ses pieds » et en marche dans l'intellect de son auteur — dont il a, parfois fort longtemps, tourmenté les pensées, des plus floues aux plus acérées.

Debout sur ses pieds d'ombre étoffée de mots, irriguée de sens, pour aller se confronter à l'imaginaire des autres, les lecteurs, après s'être nourri de celui de l'auteur. Prêt à tenter alors, auprès de chaque lecteur qui ouvrira le livre où il figure, l'aventure d'une nouvelle petite incarnation. Car tout lecteur qui remarque un personnage, trouvant en lui matière à émotions, à rêverie ou à réflexions, lui refait don d'un peu de vie, si infime soit ce peu. Les personnages n'habitent qu'en apparence dans les livres qui les ont délivrés de leurs limbes, ils n'aspirent qu'à s'en aller déambuler en tous sens, à transhumer d'un imaginaire à un autre, à visiter beaucoup de pays mentaux. Ils n'appartiennent pas à leur seul auteur, mais à une communauté.

Ils n'appartiennent à personne. Ils attendent juste la chance d'être lus, pour exister davantage, et toujours autrement.

9

Être lu. Ce souci, ce désir, avant d'être ceux du romancier lorsque paraîtra son livre, sont ceux des personnages. Comment, en effet, pourraient-ils être écrits si préalablement ils n'ont pas été *lus* par l'auteur chargé d'interpréter le songe qu'est leur apparition et de traduire cette présence fantomale en présence littéraire, parlante et signifiante ?

Les personnages, ces êtres composites engendrés à la croisée de multiples influences, sont néanmoins uniques. On ne peut pas les réduire à de simples artifices construits par un auteur en mal de bavardage. Ils sont pareils à nous, à n'importe quel individu : ils veulent exister, exister dans et par le regard des autres, être reconnus, lus avec attention, patience et sensibilité.

« Chacun crie en silence pour être lu autrement », dit, dans *La pesanteur et la grâce*, Simone Weil en insistant sur la nécessité d'« être continuellement prêt à admettre qu'un autre est autre chose que ce qu'on lit quand il est là (ou qu'on pense à lui). Ou plutôt lire en lui qu'il est certainement autre chose que ce qu'on y lit ».

Nous lire les uns les autres, nous le faisons tous, constamment, et le plus souvent superficiellement. Nous nous lisons en hâte, par bribes, hors « contexte » d'ensemble, sans finesse ni profondeur, sans davantage de fantaisie. Nous nous feuilletons avec désinvolture. En outre nos lectures sont plombées d'a priori, de clichés, de malentendus, et finalement d'une certaine indifférence. Simone Weil désigne la cause de ces loucheries, de ces ratages : « l'opinion publique, les passions ». Et elle ajoute : « La lecture — sauf une certaine qualité d'attention — obéit à la pesanteur. On lit les opinions suggérées par la pesanteur (part prépondérante des passions et du conformisme social dans les jugements que nous portons sur les hommes et sur les événements). Avec une plus haute qualité d'attention, on lit la pesanteur elle-même, et divers systèmes d'équilibre possibles. »

C'est bien à cela que nous convient les personnages : à apprendre à lire, soi-même et les autres, avec lenteur et acuité, jusqu'à entr'apercevoir en chacun, sous les strates de la pesanteur, ces fins réseaux de « systèmes d'équilibre possibles », de minces écritures tremblées, discrètes et cependant tenaces qui proposent une autre « version » de lecture, une autre interprétation, plus souple et subtile.

Et Simone Weil demande : « Qui peut se flatter qu'il lira juste ? »

10

Personne, ou presque, ne peut affirmer qu'il sait lire juste. La pesanteur qui nous leste tous est telle qu'elle opacifie notre regard de taies, le balise d'œillères. Il faudrait s'être délivré de toute velléité de jugement pour parvenir à lire les autres avec justesse, et ainsi leur rendre justice.

Le romancier n'échappe pas aux lois de la pesanteur, néanmoins il doit tenter de les tenir à distance, de jouer avec elles avec agilité afin de ne pas enfermer dans un carcan ses personnages qui s'offrent comme des chances de vivifier sa capacité de lecture des autres, de la vie, en se laissant surprendre, bousculer au besoin.

Les personnages, lorsqu'ils viennent cogner sans bruit sur le seuil de notre esprit déconcerté, sont peut-être les messagers de cette voix universelle, car mugissant en chacun, qui inlassablement « crie en silence » pour qu'enfin on se lise *autrement*. Ils sont des manifestations de cet appel, une buée montée de toutes les bouches de vivants altérés de reconnaissance, d'amitié, et qui se dépose sur notre conscience, et ne veut pas qu'on l'efface avant d'avoir été lue. Lue et translittérée.

Le romancier aurait donc à déchiffrer les pâles paroles mendiantes qui affleurent sa conscience et à les transcrire noir sur blanc. Il aurait à répercuter leur cri blême, à lui donner force en l'incarnant dans la chair des mots. Ces deux actions, déchiffrer et transcrire, ne sont en réalité pas si distinctes ni successives ; elles se déroulent plus ou moins simultanément, elles s'entremêlent et s'influencent mutuellement. On n'écrirait rien si on n'avait pas au préalable beaucoup lu — pas seulement des livres, bien sûr, mais aussi la vie, le temps qui passe, les événements proches et lointains qui ont lieu, et les autres, tant dans leurs paroles que dans leurs agissements, leur comportement, leur visage et leur corps, et soi-même, pétri dans la même pâte, la même glaise, la même boue que tous les autres. On n'écrirait rien si on ne procédait pas à une lecture continue du monde — lecture qui brasse les cinq sens, qui scrute le banal autant que l'exceptionnel, observe pareillement le beau et le laid, le bon et le mauvais, se penche sur l'énigme du bien autant que sur celle du mal (car, au fond, aucun des deux ne « va de soi ») ; lecture plurielle, zigzagante, radicante et proliférante. Lecture vivace, qui est un processus d'interprétation intellectuelle et affective du monde.

Inversement, lire, c'est déjà écrire, car toute interprétation est un travail d'éclaircissement par débroussaillage et démêlement de significations à la fois éparses et enchevêtrées, un effort d'explication ; ce faisant, on déplace le sens mis au jour, on le réoriente et on le transforme, on fabrique du nouveau sens. On fabule.

Le romancier, lorsqu'il écrit sous la pression intérieure d'un personnage lui réclamant sa part de mots, sa part de vie, s'aventure à fond dans ce double mouvement d'écriture/lecture aussi opposé que complémentaire, et qui le rend aussi passif qu'inventif. C'est pourquoi il ne peut « bien » lire (entendre, comprendre, interpréter) ce que semble vouloir lui dire le personnage qui le taraude *qu'en écrivant* : c'est le geste d'écrire, fût-ce à tâtons sur une feuille d'une blancheur à première vue stérile, décourageante, voire écœurante, qui dispense progressivement au romancier (mais à un rythme souvent discontinu) un peu de clarté, des brins de sens, lui ouvre des pistes. Le geste d'écrire est toujours geste de délivrance.

11

Certains poètes ont l'ouïe si fine qu'ils perçoivent des voix inaudibles à tout autre, des souffles infimes flottant au loin « dans les fleuves au nord du futur », et ils halent ces voix avec un soin extrême jusqu'aux rives escarpées du langage. Ainsi Paul Celan dont chaque poème est une épure, une incantation minérale de « noms imprononçables qu'il faut nommer ».

Dans l'un de ses poèmes Celan rend particulièrement palpable ce processus d'affleurement de traces (de mots, de glyphes, de voix ?...) :

Ton rêve qui cogne à force de veiller

Avec les douze spires
gravées dans sa
corne
la trace du mot.

Le dernier coup qu'il donne.

Dans la gorge de jour à
pic, étranglée
se hisse le bac
sous la poussée de la perche :

il tra-duit
de la blessure lue.

Poème scandé d'ambivalences (de poly-valences, même) tant la syntaxe y est heurtée, hachurée, bousculée, et tant s'y trouvent des mots singuliers, taillés dans la dure matière de la langue ; des mots brisés, tronqués, et dont les casseaux sont accolés, imbriqués les uns aux autres pour former des vocables inédits. Ainsi les mots :

Wortspur : alliage de deux noms communs, un abstrait et un concret, chacun recelant diverses nuances de sens : *das Wort* — mot, vocable, terme, parole, expression... ; *die Spur* — trace, vestige, piste, empreinte, marque, stigmate, indice...

Tagschlucht : même type d'alliage, de télescopage : *der Tag* — le jour, et *die Schlucht* — la gorge, le ravin, le défilé.

Wundgelesenes : étrange concrétion substantive formée à partir d'un adjectif et d'un participe passé : *wund* — blessé, meurtri, écorché, excorié..., et *gelesenes* — dérivé du participe passé du verbe *lesen*, lire.

Dans tous les poèmes de Paul Celan cohabitent cette force polysémique et une extrême sobriété. La densité de sens est d'autant plus élevée que les césures brutales tranchant certains mots « ordinaires » accentuent le relief de ceux-ci, comme si une lumière crue était braquée sur une partie tandis que l'autre était nimbée d'ombre. Et il y a des mots, banals en apparence, qui vibrent de sens plus ou moins cachés, allusifs. Ainsi le mot *Horn* — la corne, le cor, le clairon — ; étant qualifiée de « spiralée », cette corne évoque celle de la Licorne, longue vrille d'ivoire, emblème d'une force purifiante et, en tant que « cor », elle évoque le chofar, la corne de bélier dans laquelle on souffle à Roch Hachana et à Kippour, jours de pénitence, de repentir et de pardon.

Le chiffre douze, lui, qui est celui des voltes de la corne et du nombre de vers composant le poème, renvoie à la division de l'année en mois, à l'idée d'élection avec les douze tribus d'Israël, et, plus amplement, à la complexité de l'univers.

Ces douze vers brefs avançant par saccades de mots fracturés, concassés, s'élevant avec l'élan d'une colonne torse, diffusent une intense charge de sens et se refusent à toute interprétation unitive, restrictive. Le sens glisse et tournoie autour de l'axe volubile du poème.

12

Les romanciers ont beaucoup à apprendre des poètes, ces sourciers de l'inouï, ces multiplicateurs de sens. Mais ils ne peuvent pas les imiter, ils n'arpentent pas les mêmes espaces de la langue, ne vont pas à même allure. Si dense et elliptique soit le style d'un romancier, il ne peut pas rivaliser avec l'art, fondamentalement lapidaire, de la poésie. Et le mot lapidaire est ici à entendre dans ses deux significations : le poète taille et polit les noms, les verbes, comme autant de pierres, d'éclats de roche, de galets, de silex, il les frappe les uns contre les autres pour les faire résonner, brasiller, il les aiguise, les casse, les encastre ou les disperse, et toujours il les dispose d'un geste précis, vigoureux, dans le blanc de la page. Il en constelle le silence.

Et puis, les personnages qui viennent à l'esprit du romancier pour le harceler de leurs exigences indéfinies et lui réserver des surprises à répétition ne s'imposent pas de la sorte au poète. Rendre vivant un personnage en laissant fonctionner librement en lui les multiples rouages à l'œuvre en tout individu, de la placide raison au raptus le plus brutal, n'est pas le souci du poète, celui-ci n'a pas à explorer cette énigme inépuisable du comportement humain à la fois soumis à divers déterminismes et totalement imprévisible.

« Qu'est-ce que l'action : éternelle question du roman, sa question, pour ainsi dire, constitutive. Comment une décision naît-elle ? Comment se transforme-t-elle en acte et comment les actes s'enchaînent-ils pour devenir une aventure ? » Cette question que Milan Kundera situe au cœur du travail romanesque ne concerne pas le poète, du moins pas directement. L'enjeu est autre pour le poète qui affronte le langage et interroge l'existence sans la médiation de personnages. Ce sont les mots, à vif, qui le harcèlent d'étonnement, de désir. Des mots-sons, des mots-musique, des mots-images ; des mots guerriers, parfois, qui entraînent le poète dans une obscure lutte, comme le fut Jacob au gué du Yabboq.

Le poète ne fabule pas autour du sphinx humain, il *dit*, d'un dire aigu, concis, que l'humain *est* un sphinx (dérisoire, sublime ou pathétique, peu importe).

Aucune concurrence, donc, entre l'art du roman et celui du poème, mais des échos, des interférences, des interpellations discrètes, de possibles influences.

*

Paul Celan, « un jour que le soleil, pas lui seulement, avait sombré, s'en fut alors, quitta son logis [...], et avec lui s'en fut son nom, son nom imprononçable, s'en fut et s'en vint, s'en vint clopinant, se fit entendre, s'en vint bâton en main, s'en vint foulant la pierre, m'entends-tu, tu m'entends, c'est moi, oui, moi, moi et qui tu entends, que tu crois entendre, moi-même et l'autre [...] le bâton fait silence, la pierre fait silence, et le silence n'est pas un silence, pas une parole n'y est tue, et pas une phrase, c'est là une pause sans plus, c'est une parole en défaut, c'est une place vacante, tu vois toutes les syllabes à l'entour dressées... ».

Paul Celan s'en est venu, foulant la langue, sa langue si mise à mal par les bourreaux de son siècle, les assassins de son peuple. Foulant, d'un même pas, et la langue et la terre et le ciel, frappant la langue jusqu'à en déchirer la trame, jusqu'au silence, à l'exténuation du souffle, frappant le ciel, cet immense tombeau de cendres et de vent où se sont absentés des humains par millions, et Dieu avec — jusqu'à transmuer toute prière devenue vaine, néante, en une splendide « louange à Personne ».

Frappant la langue, la terre, le silence, et il en a extrait des scories aux formes insolites, des mots brûlés, blessés — des vestiges de mots, des traces de paroles —, *de la blessure lue*.

S'est-il écorché à force de déchiffrer ces empreintes rugueuses, ou a-t-il lacéré les mots à force de les lire, de les marteler de questions ? S'est-il éreinté à hisser ces mots imprononçables à travers « la gorge du jour », ou les a-t-il écharnés dans ce ravin étroit ? Comme la question levée, la réponse tourne, se déplace en spirale, ne peut pas s'arrêter, s'affirmer, se clore.

Et cette question, dans sa déambulation, bouscule le lecteur, elle passe en lui, s'intro-duit dans son esprit, y attendant une nouvelle traduction.

Le romancier y reconnaît (ou croit y deviner) la question qu'incarne pour lui (encore si faiblement) la silhouette du personnage prenant séjour dans ses pensées.

13

Wundgelesenes : du lu meurtri, de la blessure lue, rendue lisible. Mais que signifie-t-elle, au juste, cette expression neutre, « incorrecte » grammaticalement, à quelle réalité, quel événement renvoie-t-elle ? Son étrangeté ne la rend pas inintelligible, seulement problématique. Le romancier y entrevoit une similitude fondamentale avec l'étrangeté propre aux personnages, et il pressent que ce qui le visite en prenant une apparence de personne dans son imaginaire est en fait du *Wundgelesenes*, du « lu blessé » dont il doit amplifier et affiner la lisibilité, par d'autres voies que le poète, mais avec une semblable rigueur.

À défaut de pouvoir clairement définir en quoi consiste ce *Wundgelesenes*, on peut d'emblée écarter un malentendu en disant ce que cela n'est pas.

Cela n'a rien à voir avec un quelconque dolorisme, il n'y a aucune complaisance tragique autour des personnages ; ceux-ci peuvent d'ailleurs se frayer un chemin lumineux dans le roman qu'ils ont suscité. Ce *Wundgelesenes* dont ils sont porteurs lors de leur apparition n'est pas la marque d'un malheur devant fatalement leur arriver, ils ne sont pas estampillés par le sceau noir du fatum. À l'instar de n'importe quelle personne, ils jouissent d'une part de liberté et le champ des possibles est large ouvert autour d'eux.

Non, les personnages ne sont pas voués au désastre, au naufrage. Si le malheur leur advient, c'est qu'ils l'ont croisé malencontreusement en route, au fil tortueux de leur pérégrination romanesque, tout comme il nous arrive de jouer de malchance, de nous égarer, ou d'être soudain victimes d'un mauvais coup du sort. La vie est aussi prodigue en bonnes qu'en calamiteuses surprises, mais les funestes sont plus spectaculaires, voilà tout.

Ce *Wundgelesenes* n'affecte donc pas le destin des personnages, ne les programme pas, ne les voue pas à la souffrance. Ce discret stigmate (*stigma*, mot grec signifiant « piqûre, plaie ouverte, tatouage ») serait plutôt l'indice de leur humanité, tout simplement. L'indice de leur appartenance à l'immense et tumultueuse communauté humaine qui, de génération en génération et sous toutes les latitudes, se transmet une *faille* — une griffure d'incertitude, une plaie d'incomplétude que rien ne peut suturer, la piqûre d'un manque que rien ne peut combler.

14

Est-ce à cause de cette faille inscrite en eux que les personnages se montrent aussi indociles et déroutants ? Car récalcitrants, ils le sont à l'excès ! Sans cesse ils échappent au contrôle de l'auteur, contrarient les projets que celui-ci élabore peu à peu pour eux, refusent telle ou telle situation, telle relation qu'il leur propose, et inventent tout à trac des situations auxquelles il n'avait pas songé, provoquent des événements inattendus, nouent des relations en marge du cercle déjà formé autour d'eux. Ils n'en font qu'à leur tête, fort rebelle.

Mais tout romancier sait bien que les personnages sont doués d'une étrange autonomie, qu'ils sont des mendiants fantasques, et que leur désobéissance chronique n'est pas un simple caprice mais qu'elle obéit à des « lois » aussi obscures et dynamiques que celles qui régissent toute personnalité. Tout romancier sait qu'il n'est pas « le maître dans la maison » de son imaginaire, maison foutraque ouverte à tous les vents de l'inconscient, sujette à des flux et des reflux d'images, à des séismes, à des feux, à des éclipses.

Et c'est *en écrivant* que le romancier découvre l'étendue de sa non-maîtrise, et surtout combien sa mémoire recèle de plis, de strates et d'échos dont il ne soupçonnait pas l'existence. Des souvenirs depuis longtemps sombrés dans l'oubli entrent parfois en éruption sous l'effet de l'écriture, ce condensateur d'énergie psychique et mentale. Peu importe que ces souvenirs explosifs restituent intacte la scène que brusquement ils raniment, ou qu'ils la présentent transformée, trafiquée. La force d'un souvenir ne se mesure pas à son exactitude mais à sa capacité d'émouvoir et de donner à penser de donner matière à fabuler.

Le geste d'écrire permet tout à la fois de « lire » les failles pointées par l'apparition de personnages dans l'esprit de l'auteur, de décrypter les palimpsestes de sa propre imagination et de sa mémoire, et, ce faisant, de mesurer à quel point il sous-estimait l'ampleur des limons déposés en lui par le temps, charriés en lui par la foule des autres. Et, donc, de mesurer à quel point il surestimait sa connaissance et sa maîtrise de soi.

Le geste d'écrire est délivrance par voie d'évidement, de renoncement.

Le mouvement de fabulation mis en branle sous la poussée des personnages prend l'allure d'un processus de translation. Car il s'agit bien de cela : opérer un transfert de restes (de résidus d'émotions, de sentiments, de concrétions de désir, de reliquats de souvenirs demeurés radiants) du dedans de notre chair vers l'extérieur, des pénombres de l'oubli vers la blancheur de la page, de l'informulé vers le langage.

Une translation qui revivifie les restes ainsi transférés et rend alors possible la recomposition d'un « corps », à l'instar d'Ézéchiel, et qui les éclaire en les traduisant à travers « l'étroite gorge du jour », à l'instar de Paul Celan.

15

Nous écririons donc toujours à partir d'une faille, à la fois intime et commune à tous les humains ; intime et anonyme.

Et même dans les sociétés où l'écriture n'a pas cours, on procède à une tra-duction de cette fissure secrète, on la sonde, on la cerne, et on l'expose — éventant alors ce secret (sans pour autant l'épuiser, en résoudre l'énigme). Selon des codes d'inscription propres à chaque communauté, on s'ingénie, de génération en génération, à « capter » cette fêlure enfouie au plus obscur du corps humain et à circonscrire la force éruptive qu'elle contient afin de la dompter, d'en prévenir tout débordement.

Dans ces sociétés, la peau humaine tient lieu de toile, de papier, d'écriteau, et aussi de surface à graver. On l'orne de peintures, de signes, on l'enlumine de tatouages, on y sculpte des scari-

…, des mouchetures, on y enchâsse des …de pierre, d'os ou de métal, on en ôte des lamelles, des lambeaux, en l'excisant. Chaque corps offre à lire sa peau nue, calligraphiée — sa peau-par-chemin —, et cette lecture est autant visuelle que tactile, le corps scarifié arborant des signes en relief.

Le but n'est pas d'enjoliver le corps, cette façon d'ouvrir la peau ne se réduit nullement à un souci cosmétique, chaque dessin, figuratif ou non, chaque marque est chargé de sens, un sens déterminé par le choix de son emplacement sur telle ou telle partie du corps ou du visage, par celui de son aspect, des couleurs qui lui sont attribuées. Et ce sens se doit d'être fidèle à l'esprit de la société au sein de laquelle il s'exprime, se doit de rendre lisibles ses lois, ses valeurs, sa conception du monde. Donc, inclus, ses effrois et ses interdits.

Effroi, justement, devant cette faille (cet inconnu, ce vide) fichée en tout individu, sans que l'on puisse la localiser précisément mais dont on redoute le potentiel de violence.

Effroi devant le corps comme devant un volcan en sommeil apparent, lourd de menace. Et le corps féminin, si bizarrement perforé, affichant une fente en guise de sexe, cachant en son bas-ventre une caverne inquiétante d'où s'écoule du sang à intervalles réguliers en phase avec la lune, un creuset où la substance du mâle se transmue en petit d'homme, est par excellence effrayant. Il est le corps même de l'effroi.

La faille, en sa chair, se fait visible jusqu'à la fascination. Faille donnant vertige, car mêlant inextricablement l'attirance et la répulsion, affolant le désir. C'est pourquoi il convient tout à la fois de la dissimuler et de la magnifier en l'ourlant de dessins, de ciselures, et d'en briser la force aspirante (mordante, vorace, peut-être ?) en arasant ses bords. La « langue » et les lèvres de cette bouche de ténèbres sont tranchées. Les mâles intiment un silence absolu au sexe-sphinx de la femme, pour y répandre le cri de leur seule jouissance, le mugissement de leur propre folie, sans « contredit », sans rivalité.

*

De quelle blessure sourd le sang menstruel, et quelle relation occulte les femmes entretiennent-elles avec la lune, cet astre mort dénué de lumière propre, instable, changeant sans cesse d'aspect ? Et puis, sur quel abîme s'ouvre la fente, que se passe-t-il au fond de la gorge/forge du volcan tapi sous la peau du ventre ? L'homme qui y pénètre ne risque-t-il pas d'y naufrager son sexe qu'il croit et veut solaire ?

C'est pour mieux contenir ce danger dont serait porteur le corps féminin, en mater toute velléité de nuisance, que ce corps est de préférence marqué aux alentours de ses orifices — anal, génital, buccal, et aussi autour ou en direction du nombril, des yeux, des oreilles, et jusqu'aux paumes des mains et aux plantes des pieds, ces extrémités en contact avec la terre, avec le dehors. Les hommes, eux, sont davantage « armoriés » sur les bras, le torse, le dos, le visage, sur le plein de leurs muscles de chasseurs et/ou de guerriers, sur la gloire de leur face de héros.

La femme est saturée de vide et de mystère, son ventre est excavé, sa chair rouée de nuit. Peintures, tatouages et scarifications sur ses seins, son ventre, ses fesses et son pubis sont autant de sceaux posés, incrustés dans sa peau pour tenir bien clos le secret de ses liens avec les forces cosmiques, avec les astres et les marées, avec la violence animale.

La scarification, en arboriculture, consiste à

pratiquer une incision sur l'écorce d'un arbre afin d'interrompre la circulation de la sève à proximité des fruits. Celle qui est pratiquée sur le corps des femmes vise pareillement à canaliser et à bloquer la circulation d'une énergie vitale — et si vivace, sauvage, qu'elle peut en devenir mortelle — aux abords de la peau.

La femme, stèle de glaise et de pénombre en mouvement, arbre irrigué de sang donnant des fruits humains, chair tellurique où s'entrelacent (dans le giron d'un vide insondable tant il est fantasmé) le mystère de l'origine, la jouissance et la peur, le désir, la vie, la mort.

16

Dans les sociétés primitives, le corps peint, tatoué, scarifié, excisé, affiche publiquement son appartenance à sa communauté dont il a littéralement incorporé les règles, les interdits, les paniques et les rêves. Ce corps ouvré se dresse, se meut parmi les siens ainsi qu'un écriteau publiant en permanence la vision du monde et de son ordre héritée de leurs ancêtres communs. Il perpétue à fleur de peau un discours immémorial, une sagesse conquise, et sans cesse à maintenir, à rétablir, sur un gouffre de folie, de violence confuse, de pulsions libidinales.

Dans les sociétés à écriture, le corps avance masqué, vêtu, ouvragé de l'extérieur. Il n'est plus un écriteau, mais une écritoire. Il délègue à sa main le soin d'écrire, il substitue les tablettes de terre cuite, la pierre ou le métal, la matière végétale ou la peau animale à sa propre peau.

Alors le discours peut se diversifier, se nuancer à l'infini, et, détaché du corps du scribe qui l'a écrit, il peut lui survivre, traverser le temps indéfiniment. Et par là même conférer l'immortalité à ce scribe, comme le dit magnifiquement un papyrus égyptien datant de quelque trois millénaires :

Les scribes savants [...] ont achevé leur vie,
tous leurs contemporains sont tombés dans l'oubli,
ils ne se sont pas érigé des pyramides d'airain aux stèles de fer,
ils n'ont pas su donner d'héritiers nés de leur chair
qui puissent proclamer leur nom,
mais ils ont laissé en guise d'héritiers
les livres d'enseignements qu'ils avaient composés.
Ils ont confié à leurs œuvres
la mission d'être leurs prêtres funéraires,
et leurs tablettes à écrire sont devenues leur « fils chéri »,
leurs ouvrages sont leurs pyramides,
leur calame est leur rejeton,
et la pierre gravée leur épouse [...]

L'homme périt, son corps redevient poussière,
tous ses semblables retournent à la terre,
mais le livre fera que son souvenir soit transmis de bouche en bouche...

Les marques peintes ou incisées sur la peau humaine, en changeant de support, acquièrent une liberté nouvelle. Le scribe ne fait plus corps avec les signes qu'il trace (et, inversement, ces signes ne « font » plus son corps, ne le couvrent plus d'un entrelacs de sens), il établit un autre rapport avec eux : parental, filial, amoureux. « Leur calame est leur rejeton, et la pierre gravée leur épouse... »

Mais le rejeton peut se révéler fugueur et l'épouse infidèle. Les signes, les glyphes, les runes, les lettres qui survivent à leurs scribes estompent parfois leur sens initial, au fil du temps, ils s'obombrent d'inévidence et de malentendus. Et c'est alors, plus que jamais, qu'ils donnent à méditer, à imaginer.

17

Le romancier est un scribe. Peu importe qu'il ait troqué le burin, le stylet, le calame et la plume d'oie contre le stylo et à présent le clavier d'une machine ou d'un ordinateur. Sa relation au texte qu'il pro-duit est du même ordre, elle brasse ces formes fondamentales de l'amour qu'évoquait le hiérogrammate égyptien en son lointain jadis : paternel (maternel), filial, amoureux. Mais il convient d'ajouter que cet amour multiforme est devenu très conflictuel. Quant à la dimension religieuse, elle s'est dissoute, déplacée.

Le romancier célèbre le sacre de l'absence et la beauté des possibles, non quelque divinité ou tel souverain. Il n'appartient à aucune caste, n'œuvre pas au service d'un temple, ou alors il se fourvoie, inféode son imaginaire, même si sa « caste » et son « temple » ne sont que littéraires.

Il n'a d'autre mission que celle de s'embarquer dans les remous de l'existence, d'interroger les passions humaines, de débusquer de l'inévidence dans les choses les plus banales. Et il n'a d'autres guides que les personnages qui le visitent pour le convoquer dans les coulisses du grand cirque de la vie.

Mais ce scribe moderne et affranchi qu'est le romancier n'a-t-il vraiment aucun rapport avec les membres des sociétés primitives aux corps historiés de dessins et de marques ? Certes, il n'écrit pas sur sa propre peau, les signes qu'il utilise sont totalement différents, et c'est de façon bien plus médiate, oblique et zigzagante qu'il traque en l'homme et en la femme la part d'ombre, de sauvagerie, et cela, afin non pas de le contenir, de l'assigner au silence sous la peau, mais au contraire de le tirer au jour, de le découvrir et de partager avec d'autres cette découverte.

Il n'empêche, c'est vers ce même fond qu'il regarde et s'incline, ce sont les mêmes forces nocturnes enfouies dans l'épaisseur de la chair, les mêmes courants de folie, de violence qui sinuent sournoisement sous la conscience, autour de la raison, qu'il piste et inspecte. C'est donc sur la peau humaine qu'il se penche, lui aussi, pour y procéder à une auscultation.

Auscultare : écouter.

Écouter les bruits confus, diffus, qui chuintent, susurrent, feulent ou gargouillent à l'intérieur du corps humain, dans les plissés de sa chair, dans les plis de son cœur, dans les replis de ses pensées, dans les pliures de ses désirs — tous si bizarrement froissés, effrangés jusqu'à la déchirure par les sourds remuements de pulsions sans âge, sans mesure ni répit.

Les personnages sont les instruments qui s'offrent au romancier pour qu'il se mette à l'écoute de tous ces très bas bruits.

18

La feuille, le papier ou l'écran sont des substituts de la peau. Une peau neutre, indéfiniment renouvelable, multipliable, et toujours blanche. On peut noircir des milliers de pages, égrener des myriades de mots sur un écran, sans cesse survient une nouvelle page, immaculée, saturée de silence, sans fin l'écran se vide, glacé et glaçant de blancheur. L'auscultation, qui est autant scrutation et palpation, peut se poursuivre à l'infini.

La feuille et la peau se confondent à force d'être en miroir, d'être ces surfaces poreuses, lisses, qu'un rien écorche ou brûle, et où affleurent par fragments des ombres et des dépôts montés du fond du corps, de la pensée, du langage.

La feuille et la peau, le langage et la chair

s'interpénètrent et s'interchangent. Les mots tracés sur la feuille s'ingénient à capter les obscurs courants d'énergie qui circulent dans le corps, à traduire les non-dits qui parasitent les paroles, les éclairs sournois qui foudroient la pensée et font subitement dévier les actions.

La feuille de papier, bien que fabriquée à partir de matière végétale, demeure un parchemin. C'est une peau par procuration, une mue de l'homme éparpillée en innombrables petits morceaux. Et, comme la peau, elle est un palimpseste. Même sur une feuille vierge, des écritures anciennes refont secrètement surface, se mêlant aux mots nouveaux en train d'être écrits dont elles infléchissent le cours à l'insu de l'auteur.

La peau, dès la naissance, est un palimpseste. Tout un réseau de signes, de traces, de réminiscences est d'emblée glissé dans sa trame, prêt à se déployer en surface, à multiplier ses ramifications, à les transformer au gré de toutes ces nouvelles marques qui se formeront sur cette peau durant la vie de la personne. Les rides ne sont pas seulement creusées par le temps qui passe, mais aussi par le temps déjà passé bien avant la naissance.

Tout nouveau-né est un recueil de dits, de cris, de soupirs, de faits et gestes ancestraux, mais encore illisible. Un petit fablier de chair très souple et modelable où ce qui est déposé peut constamment être modifié, raturé, gauchi, exalté, ou effacé.

Quant à l'écran d'ordinateur, tout en gardant les mêmes qualités « tégumentaires » que la feuille de papier, il enrichit le champ des imprévus pouvant survenir en cours d'écriture — pour le meilleur et pour le pire. Il déroule le texte en train de s'élaborer, en donne une « vue panoramique », permettant de le cribler de modifications à tout moment, et sans laisser de traces, de taches, de biffures ; il introduit une forme de malléabilité très vive, ludique. Mais non sans danger. D'un coup le texte peut voler en éclats, fracassé par une manipulation maladroite. Il a disparu. L'écran se révèle alors une peau traîtresse, capable de se retourner comme un gant, et le gant est vide, une main invisible a escamoté tous les mots.

Quelle est cette main ? Celle de l'auteur malhabile, ou celle d'un des personnages du livre en chantier, insatisfait du résultat de sa traduction ?

Et l'écran se fait nuit blanche, aveuglante,

mettant l'imaginaire en échec. Dans l'insomnie des nuits blanches il n'y a pas de place pour le rêve. Il ne reste que la dureté des mots se refusant à toute saisie, des mots claquemurés dans un silence hostile.

19

Michel-Ange, dans la fresque du *Jugement dernier*, a donné une représentation fantastique de la peau humaine à travers la figure de saint Barthélemy qui siège sur un nuage dense comme un roc juste aux pieds du Christ-Juge. Il occupe une position centrale, se détachant du maelström de corps tournoyant à travers la fresque en un double mouvement qu'orchestre le Christ de sa main droite haut levée et de son regard souverain : la précipitation des damnés dans les abîmes infernaux et l'ascension des justes vers la lumière divine.

Barthélemy est du nombre des élus, il se tient à l'avant-scène, tout près de son Seigneur. D'après la *Légende dorée* de Jacques de Voragine, il aurait subi trois supplices : une crucifixion la tête en bas, puis un écorchement, et à la fin la décollation.

Si son corps de martyr a été torturé, dépecé, décapité, son corps de ressuscité, lui, a la puissance d'un lutteur, sa peau la consistance du marbre, et son crâne nu évoque un boulet de pierre. Il porte une longue barbe pareille à des grappes de lichen gris, et lance vers son Juge céleste un regard plein de courroux. Il exhibe aux yeux de tous, du Vivant et des morts, l'objet de sa sainte rage : une étrange défroque qui pend dans le vide. Un vide cosmique.

Ce haillon informe n'est autre que sa peau d'écorché, flasque et grisâtre, avec en son centre un visage grimaçant de douleur autant que de fureur. Et cette face distordue est un autoportrait de Michel-Ange où s'expriment son épuisement et son exaspération de peintre astreint jour après jour à de terribles contorsions au sommet d'échafaudages, de créateur incompris et sans cesse contrarié par les commanditaires de ses œuvres, les papes.

« À travailler tordu j'ai attrapé un goitre / comme l'eau en procure aux chats de Lombardie [...] et j'ai le ventre, à force, collé au menton./ Ma barbe pointe vers le ciel, je sens ma nuque / sur mon dos, j'ai une poitrine de harpie », a écrit l'artiste fourbu et en révolte dans un sonnet composé après avoir peint les fresques du plafond de la Sixtine, un quart de siècle plus tôt.

Lorsqu'il découvrit la voûte de la chapelle Sixtine peinte par Michel-Ange qui avait tenu à travailler en grand secret, le pape Jules II lui demanda d'apporter des modifications et de rehausser d'or certaines figures afin de conférer plus de lustre à l'ensemble de l'œuvre. « Je ne vois pas que ces hommes portassent de l'or », aurait répondu Michel-Ange. « Elle sera pauvre », aurait alors déploré Jules II, soucieux de la splendeur de sa chapelle. « Ceux qui sont peints là furent pauvres eux aussi », aurait rétorqué l'artiste.

Pauvres, en effet, Adam et ses descendants ; pauvres, les nomades des déserts de Shur, de Sîn et de Parân, et les prophètes du désert de Judée ; pauvres, le Christ et ses disciples. Et tout aussi pauvres, les femmes et les hommes du peuple ayant servi de modèles au peintre.

À l'or des riches, Michel-Ange a préféré l'éclat de la peau nue, la force du dépouillement. L'éclat, et aussi la vulnérabilité de la peau humaine.

20

Lisse, pleine et splendide est la peau d'Adam s'éveillant à la vie dans la roseur nacrée de l'aube du monde, là-haut sous la voûte de la Sixtine. Là-haut, en apesanteur, dans la grâce d'innocence. Le temps encore est vierge, la mort n'a pas sévi, le mal n'a pas fait son entrée dans l'Histoire.

Fripée, flapie, terreuse est la peau du martyr accrochée dans le bleu dense du *Jugement dernier*, là-bas, sur le mur occidental de la Sixtine. Là-bas, condensant dans ses plis le drame de la pesanteur, dénonçant par ses plaies la hideur de la cruauté humaine. Là-bas, à la fin des temps, où la mort repue aura charrié des cadavres par milliards de myriades, où le mal essoufflé d'avoir si follement couru, bondi, valsé et trépigné, étalera froidement ses innombrables méfaits.

C'est toute sa souffrance, tant physique que spirituelle, que le titan Michel-Ange, doté d'un « cœur de soufre » et d'une « chair d'étoupe », prompt à flamber au moindre feu rencontré en chemin, clame à travers cette dépouille calcinée de passions, de désirs, tannée par le labeur, les combats, les maladies, rouée de questions, de tourments spirituels.

C'est notre peau à tous, à la fois douce et rude, où tantôt ondoient les frissons des caresses, des baisers, des étreintes, tantôt fulgure la douleur des coups, des plaies. Notre peau à jouissance, à endurance et à souffrances.

C'est notre écorce de vivants, dérisoire dans sa fragilité — un rien l'écorche, l'endolorit, la souille, la brûle ou la gerce —, admirable de sensibilité, de souplesse, de vitalité — un rien la comble de volupté, l'éblouit, la fait frémir, la régénère.

C'est notre vêture-parchemin où le temps s'écrit, se grave et se durcit, et puis se brouille, et à la fin s'efface. Notre vêture-palimpseste toujours déjà écrite en son revers. Notre vêture-écritoire où les encres du passé et du présent en marche confluent secrètement, se contrariant, s'alourdissant ou s'allégeant.

C'est notre peau, mince comme l'instant, épaisse comme la mémoire, pareille à un ciel marin qui change incessamment de nuance, passant de la luminosité à l'obscurité.

Notre vêture de gloire et de désastre.

Barthélemy brandit sa peau de supplicié ainsi qu'un étendard tragique et belliqueux du haut du Ciel-Tribunal, au-dessus de la terre en gésine apocalyptique. Un étendard minable, hideux, et cependant grandiose, qui claque avec la brutalité d'une gifle, la raucité d'un rugissement, dans les nuées de l'Éternité, parmi des torsades de corps circulant entre béatitude et damnation.

L'étendard de sa vie, de toute vie, ce qui reste du corps quand la chair a péri. Une mue terne, difforme et puante. Mais qui tient lieu de document, à la fois à charge et à décharge, pour le jour du Jugement. Une preuve écrite, seconde après seconde, de tous les faits et gestes accomplis (et subis) par un mortel du temps de son passage sur la terre. Le récit de sa geste.

Et l'on se demande : en tant que preuve de quelle faute, quelle innocence, ce document tégumentaire est-il exposé, étalé à la face de l'univers ? Est-ce l'homme, le fautif, ou est-ce Dieu, qui a créé l'homme aussi faillible, peccable et misérable ? Qui doit rendre des comptes à qui pour les effrois et agonies endurés par les hommes ?

21

Le romancier n'a pas à répondre à de telles questions théologiques ; il peut éventuellement être conduit à les frôler, et même à s'empoigner avec elles au cours de ses déambulations d'écriture, mais il n'a pas pour vocation de les résoudre. D'ailleurs, nul n'en a la capacité, nul n'est en droit de trancher, les théologiens pas davantage que les autres.

En tant qu'elle pose la question vertigineuse du mal, de l'injustice, de la souffrance des innocents, la peau d'écorché de Barthélemy restera jusqu'à la fin des temps suspendue entre ciel et terre comme un défi à la pensée et un scandale irréductibles. En tant qu'elle montre crûment de quelle étrange étoffe est fait le corps humain, cette peau s'offre comme une formidable métaphore du territoire qu'il revient au romancier d'explorer, d'interroger : celui de tous les possibles.

La peau humaine, la peau du réel dont, quoi que nous puissions en dire, affirmer ou infirmer, nous ne savons pas grand-chose. Voilà pourquoi sans cesse des personnages surgissent pour nous presser de décrocher ce pan de peau mi-morte mi-vive (follement l'une et l'autre) flanqué par Michel-Ange sur le mur du *Jugement dernier* avec une magistrale insolence. Le décrocher pour l'étaler sur notre table de travail, sur nos genoux, à la façon d'une couturière préparant son ouvrage qu'elle palpe dessus dessous, évaluant son grain, sa texture, sa résistance. Et enfin tailler cette peau à la mesure du personnage quémandeur.

Chaque personnage est une peau expérimentale.

Toute l'histoire du roman consiste en ce drôle de travail d'auscultation, de dépeçage et de raccommodage en constante alternance, de grattage, tatouage, broderie sur la peau humaine ourlée de pénombres, tramée d'invisible.

On écrit toujours sur la peau humaine, il n'y a pas d'autre support, car il n'y a pas d'autre sujet, pour le roman, que celui de l'inévidence de l'existence, de l'énigme inépuisable de l'homme, de l'inapaisable passion d'aimer qui n'a d'égale que l'extrême difficulté d'aimer, et de l'irréductible solitude tant de l'amour que du désamour, de la mort enfin.

Écrire sur la peau, c'est faire résonner les cris, les paroles, les silences, les appels, les soupirs qui couvent sous elle, dans la nuit de la chair ; c'est faire s'exsuder l'« ombre interne » que n'a cessé de traquer Marguerite Duras. Duras, qui note dans *L'été 80* : « Je me suis dit qu'on écrivait toujours sur le corps mort du monde et, de même, sur le corps mort de l'amour. Que c'était dans les états d'absence que l'écrit s'engouffrait pour ne remplacer rien de ce qui avait été vécu ou supposé l'avoir été, mais pour en consigner le désert par lui laissé. Le calme de la nuit suivait le vent mais ce calme ce n'était pas le vent qui l'avait fait en se retirant, c'était aussi bien le matin qui venait. »

La peau humaine : un épiderme de jour frissonnant sur de la nuit.

22

Le corps — que se passe-t-il donc avec lui depuis quelques décennies pour qu'il soit devenu à ce point objet de fascination dans l'ensemble de la création artistique, et dans le roman en particulier ? Le corps dans tous ses états, et sens dessus dessous. Le corps côté dessous, dans son dedans, surtout, comme si on voulait en extirper tous les secrets, les rendre publics ; l'éviscérer.

Dans *L'Art du roman*, publié en 1986, Milan Kundera souligne « quatre appels » auxquels le roman européen aurait répondu au cours de son histoire (ou qu'aussi bien il aurait lancés, tout grand texte captant et amplifiant les voix encore balbutiantes qui frémissent en sourdine dans « l'air du temps » de chaque époque) : l'« appel du jeu », avec Laurence Sterne et Diderot, l'« appel du rêve », avec Kafka, l'« appel de la pensée », avec Musil et Broch, et enfin l'« appel du temps » — élargi à l'« énigme du temps collectif, du temps de l'Europe » se retournant sur son passé pour en dresser le bilan, « tel un vieil homme qui saisit d'un seul regard sa propre vie écoulée ».

Quant aux « chemins futurs du roman », Kundera se refuse de prophétiser avec une prudence avisée.

Il ne s'agit pas en effet de prophétiser. Toutefois on peut s'interroger sur l'intérêt accordé au corps dans la littérature contemporaine, notamment sur le fait que ce corps est souvent celui de l'auteur lui-même, et aussi de ses proches — ses parents, ses partenaires sexuels... Soi-même et celles et ceux gravitant autour de cet aimant selon des cercles plus ou moins serrés sont érigés en personnages.

Soi-même promu personnage, et sa propre vie placée en miroir, passée à la loupe, et cela non pour composer une autobiographie, mais pour bâtir une autofiction. Le glissement est d'importance même si la frontière entre les deux semble mince. Le moi se fait personnage romanesque qui se met en scène, exhibe son corps en procédant à divers arrêts sur image : son corps désirant, son corps au travail, son corps navré d'ennui, ou saisi de colère, ou jouant de la séduction ; son corps en proie à la maladie, souffrant, voire mourant. Son corps sexuel, épris de jouissances, goûtant à diverses transgressions ; son corps mortel funambulant sur un rêve d'immortalité tout en jonglant avec les excès et les paradoxes. Son corps à l'assaut de la vie.

Son propre corps si passionnément terrestre qu'il en devient céleste — un météore flamboyant dont on tente, par l'écriture, de suivre la course au ralenti, une étoile filante et bondissante échevelée de vœux.

Son propre corps si passionnément humain qu'il en devient divin — un petit dieu aussi ludique que désabusé, affranchi du souci de dispenser un enseignement, de révéler une Vérité. Un dieu fugace, sans loi ni temple. Un dieu qui déambule dans le jardin des jours, gourmand de la vie et de tous ses fruits. Un dieu messager qui répand l'« appel du corps » qu'il a entendu chanter en lui.

23

Y a-t-il vraiment une différence entre un personnage de fiction et un moi-personnage d'autofiction ?

Dans les deux cas, « quelque chose » au-dedans de soi (une voix blanche) demande à être entendu, lu et écrit ; quelque chose souffre d'incomplétude en l'absence d'un récit qui lui donnera forme, structure, consistance.

Dans les deux cas on répond à une puissante sollicitation intérieure, on se résout à se colleter avec le trouble de sa propre présence, de toute présence humaine, au monde.

Dans les deux cas on met en marche l'atelier de l'imaginaire où l'on ruse, on ment, avec plus ou moins de candeur, on fabule à partir de souvenirs, d'émotions, de pensées, on trafique et tricote des fragments de la réalité pour mieux fabriquer du réel.

Dans les deux cas on se livre à une expérimentation « en existence humaine » dans les cornues du langage. On s'adonne à *l'alchimie du verbe*, transmutant la chair en mots, le sang en encre, exprimant de l'insoupçonné du fond de ses entrailles, de l'impensé du fond de son esprit, de l'inouï à partir de ses rêves, pour les couler dans des vocables, les infuser d'un brin de sens. On s'ex-carne pour mieux embrasser notre incarnation. La chair se décline, se conjugue, se fait verbe.

La chair s'effeuille, dénudant du *Wundgelesenes.*

Dans les deux cas on expose une peau — la sienne, ou d'autres — avec l'audace de Barthélemy l'écorché (une audace plus ou moins effrontée, impudique ou discrète, batailleuse et accusatrice ou interpellante de façon allusive). On la déploie, on la tourne et retourne, on la secoue ainsi qu'un fouet, un drap de noce ou d'agonie, un sceptre ou une marotte, un fanal, un simple mouchoir, c'est selon. Et une nuée de mots s'en échappe, un essaim de signes, une sueur d'encre.

Dans les deux cas on écrit dans le vent ; un vent monté on ne sait d'où, qui soufflera on ne sait où. Le vent des mots.

Mais la relation de l'auteur avec son personnage est-elle identique quand ce dernier n'est autre que la personne même de cet auteur ou qu'il s'agit d'un ego imaginaire, parfois très étranger au romancier par l'âge, le sexe, le caractère, le temps et l'espace où se situe son histoire ? Quelle est la liberté du « je » de l'autofiction, si vive et surprenante chez les personnages de fiction ? Elle est possible, à condition que l'auteur ne se plante pas devant lui-même comme devant un miroir magnifiant, excitant, mais qu'il tourne ce miroir de soi vers le monde, pour que le monde s'y réfléchisse ; à condition qu'il prenne vraiment le risque de laisser remonter à la surface toutes les nappes de brume se détachant de la vaste masse de l'« ombre interne » qui l'habite, le hante. À condition, finalement, qu'il se perde de vue, qu'il se laisse emporter très au large de lui-même par le flux discontinu du langage.

Qu'il s'oublie.

*

S'oublier. S'oublier au cœur même de la vigilante attention portée au texte que l'on est en train d'écrire. Se perdre de vue pour se voir autrement, pour se découvrir autre.

De toute façon, on n'écrit jamais le livre que l'on rêvait d'écrire, faute de savoir au juste ce que l'on voulait écrire. À chaque nouveau livre achevé, on reste insatisfait, dubitatif. On a l'impression de s'être égaré en chemin, d'avoir échoué à dire ce que l'on croyait avoir à dire. Par un curieux, brutal mouvement de ressac, toute l'encre du texte patiemment élaboré se soulève en une énorme vague nocturne qui se fracasse contre le point final, et le texte reflue dans un poudroiement noir, laissant les pages vides, jonchées de mots brisés. Et on se dit que c'est fini, que l'on n'écrira plus, l'entreprise est trop vaine, le silence finit toujours par tout vouer au naufrage.

Écrire est dérisoire : une digue de papier contre un océan de silence.

Le silence — lui seul obtient le dernier mot. Lui seul détient le sens éparpillé à travers la multitude des mots. Et c'est vers lui, au fond, que nous tendons, à lui que nous aspirons, aussi passionnément que secrètement, lorsque nous écrivons. « Garder le silence, c'est ce que à notre insu nous voulons tous, écrivant », dit Maurice Blanchot.

24

On n'écrit des romans qu'aux temps de l'indicatif, le mode du *fait* : au présent, ou au passé, mêlant alors l'imparfait, le passé simple ou le passé composé auxquels s'adjoignent le plus-que-parfait et le passé antérieur, ainsi que certains temps du subjonctif en fonction des règles de conjugaison.

On n'écrit pas de roman au futur, ni simple ni antérieur. Ces deux temps se glissent, de-ci, de-là, dans le cours d'un roman, mais leur emploi reste limité, indiquant des décalages temporels précis (le futur antérieur, lui, recelant un pouvoir de suggestion très troublant, très subtil ; il est par excellence le temps de la mélancolie en ce qu'il projette dans les limbes du passé un événement non encore advenu, ou considérant comme déjà accompli, révolu, un vécu en train de se déployer, endeuillant en douceur l'instant présent : *nous nous serons aimés ; il aura tout perdu ; elle sera partie très loin ; ils auront été heureux ; cette journée aura été si belle ; vous aurez tout oublié...*).

Un roman à l'impératif serait un exercice de style très fantaisiste, un aberrant poème en prose vite menacé de ridicule. Ce ne serait plus un roman.

On n'écrit pas davantage de roman au conditionnel, présent ou passé. Ce serait lourd, trop distancié, trop incertain. Et pourtant, ce mode verbal, chargé d'exprimer des faits hypothétiques ou imaginaires censés se dérouler dans le futur (parfois si imminent qu'il se confond avec le présent) ou dans le passé, semble convenir précisément à l'écriture romanesque : il est par excellence un mode fictionnel, foisonnant de possibilités narratives tout en réservant un ample espace au doute, à l'inopiné. Il met surtout le romancier à sa place : dans l'ombre, dans l'écoute et l'étonnement, dans une formidable tension, il lui impose l'humilité de l'incertitude, la modestie des suppositions. Et, paradoxalement, tout en étant l'opposé de l'indicatif qui relate des faits concrets ou intemporels, énonce des vérités générales, il n'est pas aussi chimérique qu'il y paraît.

Peut-être, même, le conditionnel entretient-il un rapport plus intime avec le réel que les temps de l'indicatif (le futur antérieur mis à part), ces derniers exposant ce qui est, factuellement, alors que le conditionnel raconte ce qui sommeille, ce qui fermente dans la pâte du réel ; l'indicatif décrit le réel, il le fait parler, le conditionnel le sonde et le fait résonner, en dévoilant ainsi l'ampleur de la complexité et de l'ambiguïté, et l'abondance de possibilités. En outre, le conditionnel rend compte des scrupules du romancier hésitant à enfermer ses personnages dans telle ou telle situation, errant dans la nuit de la langue en quête de mots ajustés à son désir de dire qui toujours dépasse sa capacité de dire. C'est en cela qu'il est particulièrement approprié à l'écriture romanesque — tout en s'y refusant.

Le conditionnel est le mode des livres qui n'ont pas pu être écrits, des livres en marge, de l'ombre, des ébauches. Sa bibliothèque est infinie, comme le désir, et comme le doute.

25

Dans un entretien Pierre Michon déclarait, faisant référence à un tableau de Velázquez représentant saint Thomas sur un fond noir : « Saint Thomas est la figure du doute. Et son doute n'est pas le doute méthodique, mais un doute beaucoup plus retors, qui creuse un individu en massacrant en lui ce qu'il a de plus cher. [...] Vous me direz qu'il n'y a rien, là, dans ce fond noir. Eh bien non, il n'y a rien. [...] Ça n'est rien, mais c'est un rien violent et volontaire qui porte des figures, qui les fait tenir. Sans ce noir qui souffle du fond, il n'y aurait pas de figures. D'ailleurs, est-ce qu'il y en a ? C'est bien parce qu'il n'y a pas de figures, pas de pensée, pas de contenu, que l'homme de littérature est bien obligé de prendre la parole avec violence. Pas de sujet, pas de thème, pas de pensée, rien que la volonté violente de dire, qui fait par miracle quelque chose avec rien. Qui fait une forme dans laquelle s'installe, en plus, du sens. »

Oui, le doute est retors qui s'empare du romancier sous forme d'un personnage s'imposant d'un bloc comme une évidence, une exigence, et comme un inconnu investi de tous les possibles. Un inconnu éperdument intime, pressant, qui fait violence à l'écrivain pour qu'il prenne la parole, qu'il la lui donne, d'un seul tenant. Un inconnu qui relève du conditionnel mais qui, pour « voir le jour », sera bien forcé d'en passer par l'indicatif, et de s'en satisfaire.

Il y passera, sans pour autant s'en satisfaire, et alors, s'échappant du livre sitôt celui-ci achevé, il repartira vagabonder dans ses limbes pour revenir un autre jour, n'importe quand.

Il reviendra, même et autre, familier transfiguré jusqu'au non-reconnaissable, plus que jamais transi de silence tout en frémissant d'un insatiable désir de mots.

Il reviendra, ou pas. Car il se peut qu'un jour il se lasse de revenir mendier auprès du même auteur, qu'il lui fasse faux bond, préférant aller solliciter un autre écrivain, ou finissant par choisir de disparaître à jamais. Et alors, se retournant contre l'auteur qu'il avait si longtemps visité, harcelé, il lui dira, sans un mot, en lui tendant un pan de vide, un lambeau de nuit blanche : *Tiens, mange-le !*, avant de le quitter irréparablement sans autre forme de procès.

Et ce « non-livre » définitif ne laisse aucune douceur en bouche, aucune saveur de promesse, mais plante une durable acidité dans les entrailles, une intense brûlure dans le cœur.

On mord la nuit, on mâche un vent livide, on avale du rien.

C'est le goût du silence — « qu'à notre insu nous voulons tous, écrivant »...

ESQUISSES EN MARGE

Être seule avec le livre non encore écrit, c'est être encore dans le premier sommeil de l'humanité. C'est ça. C'est aussi être seule avec l'écriture encore en friche. C'est essayer de ne pas en mourir. C'est être seule dans un abri pendant la guerre. Mais sans prière, sans Dieu, sans pensée aucune.

MARGUERITE DURAS

Le tremble

Mosane habitait un studio perché sous le toit d'une maison, côté jardin. Elle l'avait loué pour son calme, et pour l'arbre splendide dressé devant la fenêtre. Un lieu idéal pour se consacrer à l'élaboration de son nouveau livre. Pas de bruit, juste les frémissements du tremble et le chant fluet des oiseaux, peu de prétextes à distraction à part les chatoiements du soleil dans le feuillage, argent pendant la belle saison, incarnat en automne.

C'était en hiver que le studio était le plus clair, murs et plancher blanchis de soleil pâle, quand le grand arbre au tronc lisse gris souris, marqueté de losanges, était nu.

Là, dans cette pièce tantôt ombreuse, tantôt laiteuse, elle attendait l'inspiration, épiant le moindre remuement du côté de sa mémoire, de ses pensées, de ses émotions. Mais pas la plus infime trémulation ne s'annonçait, aucun personnage ne se profilait à l'horizon de ses rêveries atones, pas une image ne s'ébauchait, pas une idée ne perçait dans le frimas de son esprit. Ses mains gisaient sur le bois de sa table, des heures durant, jour après jour, soir après soir, aussi inertes que les feuilles de papier et les stylos. La tranquillité du lieu, qui l'avait tant séduite au début, lui devint peu à peu écœurante. Même le tremble lui parut hostile, il ne savait que lui obstruer la vue en chuchotant continûment sa ritournelle végétale.

Le vent du livre tardait vraiment trop à se lever. Jamais encore elle n'avait connu pareille défaillance. Pire, c'était de l'impuissance, et Mosane sentait qu'elle allait durer, durer indéfiniment, cette impuissance.

Le vent pourtant finit par se lever. Mais pas en elle, non, dehors. Un vrai vent de terre, brutal, charriant des nuages, troussant les arbres et les buissons. Mosane entendait son sourd sifflement, et le silence coriace enté en elle s'y aiguisait comme un couteau sur une meule. Ses mains ballantes, échouées de chaque côté d'un bloc de papier, semblaient les ailes d'un oiseau mort. Et le papier, son ventre blême.

L'écriture n'était pas en état de sommeil, plutôt dans un état d'agonie blanche.

*

On cognait aux carreaux, par saccades. On cognait de cent doigts secs, nerveusement. À croire que le tremble avait peur de la nuit, mal du froid, et qu'il voulait entrer se mettre à l'abri dans la chambre. Il y avait de la lumière dans la chambre, de la chaleur, et une femme assise devant sa table de travail.

Illusion — la femme sombrait, immobile, dans une nuit plus rude encore que celle du dehors, elle était transie d'un froid irrévocable, elle veillait devant la table du désœuvrement. Elle veillait un mort. Le pouls de l'écriture avait cessé de battre.

Mais l'arbre n'en continuait pas moins à frapper aux carreaux, de plus en plus pressant, violent. Il se tordait dans le vent qui ne le faisait plus murmurer mais gémir, claquer, gronder.

Et le vent, lui, mugissait en crescendo. Une meute de rafales s'élançant à l'assaut de tous les arbres du jardin, du toit de la maison, de ses murs. Mais toujours ignorant le livre en souffrance de Mosane. Le livre qu'elle n'écrivait pas, qu'elle n'écrirait pas, car privée du pouvoir des mots. Volée de la magie de la langue, désenchantée, sans savoir pourquoi ni comment elle en était arrivée là.

« C'est, se dit-elle, comme la fin d'un amour. » Une fin non partagée, l'un n'aime plus, il s'en va, indifférent, l'autre est toujours dans l'amour, follement dans l'amour, incapable de voir qu'en vérité il est dans le désert. L'abandonné attend le retour de l'aimé, attend pathétiquement, transforme sa vie en attente. Une attente qui s'enroule en spirale autour de son propre néant. Le fugitif est parti fêter la vie ailleurs, jouir auprès d'un autre corps, et dans cette nouvelle jouissance il oublie la précédente.

Mais où va l'écriture quand elle s'éloigne de quelqu'un qu'elle avait longuement fréquenté, qu'elle quitte un corps qu'elle avait habité, étreint, enlacé du dedans ? Nous quitte-t-elle pour quelqu'un d'autre, pour le jeu du changement, pour le goût de l'inédit, ou parce qu'elle s'est lassée de notre imaginaire et de notre style ? Mosane n'avait pas de réponse, d'ailleurs cette question était inepte. Elle n'avait plus d'inspiration, plus d'élan, voilà tout. La grâce de l'écriture s'était retirée d'elle.

*

Il y eut un choc énorme. La fenêtre s'ouvrit en grand dans un fracas de verre. Le vent s'engouffra dans la chambre, exhalant une forte odeur d'humus, d'écorce, d'herbe et de végétaux écrasés. Il ne pleuvait pas, mais on devinait la pluie imminente ; le froid était humide, l'air déjà mouillé.

Et avec le vent, le tremble aussi pénétra dans la chambre. Une branche, tel le bras d'un géant arraché au cours d'un combat, fut projetée sur le plancher, renversant au passage un fauteuil, une petite table, des étagères, cassant tous les objets alentour. L'extrémité de la branche vint s'échouer sur la table, entre les mains de Mosane, sur le bloc de pages vierges qu'elle écorna et salit.

Elle n'avait pas eu le temps de prendre peur, ni donc de s'enfuir. Elle aurait pu être tuée. Elle n'était même pas blessée, à peine égratignée à la main gauche. Elle regarda la branche couchée en travers de la table ; une multitude de branchettes de tailles diverses, toutes hérissées de brindilles, s'étalaient devant elle. Il ne restait que très peu de feuilles, des lambeaux roussis de la récente splendeur du tremble ayant résisté aux pluies d'automne, aux premiers gels des nuits d'hiver. Et même à la tempête. Elles n'avaient plus la force de trembler, elles pendaient, toutes fripées. Mosane en ôta une, la lissa doucement, en suivit du bout d'un doigt les nervures et le contour crénelé. Tout en caressant la feuille, elle repensa à ces croyances et ces pratiques du temps où l'on prêtait aux arbres et aux plantes des vertus magiques de guérison, et qu'ainsi on attachait un ruban à un tremble, ou bien on enfonçait dans un trou creusé dans son tronc une mèche de cheveux, des rognures d'ongles d'un malade souffrant de fièvres chroniques afin de le soulager de son mal en le confiant à l'arbre. Voilà pourquoi ils frissonnaient perpétuellement, pour délivrer les humains de leurs fièvres et de leurs inquiétudes. Mais que pouvait cette branche mutilée pour Mosane ? Désormais, rien, elle était aussi disgraciée qu'elle.

*

Mosane a détaché une à une les pages du bloc, les a découpées en lanières et accrochées à la branche. À défaut d'écrire un livre, elle a décoré de paperoles blanches une branche rompue. Comme un arbre de mai, ou un sapin de Noël. Elle a fait un tremble de silence.

Et alors, tout bas, à peine, elle a senti poindre un frisson dans son esprit engourdi. Ce n'était pas un éblouissement, pas même un regain d'inspiration, juste un brin de pensée soudain légère, déliée : un arbre aussi peut s'imposer comme personnage, quand tout a disparu.

Et cela lui suffit. Elle venait de consentir au silence.

Magdiel

Il aurait dû se méfier. Dès sa première apparition, le personnage s'était présenté de dos. Un homme (du moins est-ce pour tel que Paulin Féborgue avait d'emblée pris la silhouette survenue dans son esprit) se tenait au fond d'une impasse, mains et front appuyés contre un mur noir de crasse et de nuit inégalement éclairé de flaques de lumière crue ; ces lueurs de néon d'un blanc acide rehaussaient l'obscurité ambiante. Le mur et les pavés du cul-de-sac luisaient comme s'il avait plu. L'homme était de taille moyenne, trapu, vêtu d'un manteau de drap sombre non boutonné qui tombait en longs plis jusqu'à ses chevilles. Quelques boucles de cheveux bruns sortaient du col à moitié relevé.

À part ce lourd vêtement, il n'y avait pas grand-chose à voir, et Paulin Féborgue l'avait donc regardé attentivement. La martingale non nouée, sinuant dans les passants cousus à hauteur de la taille, dessinait une sorte de grand M majuscule dont les jambes encadraient celles de l'homme. L'épais tissu semblait assez défraîchi. Et l'homme, lui, quels étaient ses traits, quel âge avait-il ? À défaut de pouvoir distinguer son visage, Paulin Féborgue estima son âge : aux alentours de la cinquantaine. Il n'aurait su justifier cet avis, c'était juste une intuition (peut-être parce que lui-même avait quarante-neuf ans, et qu'il était capable de reconnaître dans le corps des autres hommes, fût-ce de dos, ce curieux mélange de forces encore actives et de fatigue croissante, de volonté têtue et de crises d'accablement qu'il ressentait dans son propre corps). Hormis cette éventuelle proximité d'âge, Paulin Féborgue ne décelait aucune autre ressemblance physique entre ce personnage à la carrure massive et lui, très grand et sec. Et il ne soupçonnait pas davantage de parenté de caractère. Non, ce n'était certainement pas un double de lui-même que ce pesant personnage entré subrepticement en lui pour s'installer dans ses pensées.

Pesant, c'était le mot qui convenait, pesant et taciturne. Et si peu romanesque ! Car enfin, que faire d'une vision intérieure aussi indigente esthétiquement, et même pauvre plastiquement ? Que faire d'un personnage tournant obstinément le dos à l'auteur censé le décrire, stationnant contre un mur, front et paumes collés aux pierres et les semelles soudées aux pavés ? Et au fond d'une impasse de surcroît, en pleine nuit, comme pour bien annoncer à quel point toute entreprise d'écriture le concernant était vouée à l'échec. Paulin Féborgue, bien qu'intrigué, avait renoncé à le prendre en considération, il ne voyait vraiment pas quel parti il aurait pu en tirer littérairement. Puisque ce bonhomme persistait à jouer à la statue mise au rebut au fond d'un cul-de-sac, eh bien qu'il y reste, dans son boyau nocturne !

*

Mais on ne choisit pas ses personnages comme on le souhaiterait, pas plus qu'on ne se débarrasse facilement des fâcheux, Paulin Féborgue, auteur d'une vingtaine de romans et d'une cinquantaine de nouvelles, le savait parfaitement. Parmi les nombreux personnages qu'il avait mis en scène dans ses livres, beaucoup lui avaient donné du fil à retordre, et certains, lorsqu'ils s'étaient présentés la première fois à son imagination, ne lui avaient inspiré aucun désir d'écriture tant ils paraissaient insignifiants. Malgré tout, le désir avait chaque fois fini par s'éveiller, fût-ce tardivement, et par persévérer, au prix d'innombrables louvoiements entre les doutes et le découragement.

L'image du personnage au fond de l'impasse revenait, toujours la même. L'homme ne bougeait pas, la lumière acidulée du néon éclairant le mur noirci ne variait pas, la scène demeurait désespérément muette et figée. Paulin Féborgue se contentait de constater son retour, sans chercher à forcer cette image butée, à plaquer dessus un sens qui aurait sonné faux. Mais à force de voir cet homme au grand manteau avachi, avec sa martingale serpentant sur les reins, il s'habitua à lui. L'inconnu lui devint familier. Et un jour il prit un nom. Un nom que l'auteur n'avait nullement choisi, n'ayant même pas pensé à le nommer.

Un jour, donc, Paulin Féborgue voyant passer en lui cette lancinante image se dit : « Tiens, voilà Magdiel. » Et aussitôt il se demanda où il était allé dénicher ce nom bizarre. Il voulut lui en donner un autre, plus habituel, ou un sobriquet, mais il ne put en retenir aucun. À l'évidence le personnage savait mieux que l'auteur étourdi comment il s'appelait, et il tenait à imposer son nom.

Paulin Féborgue (peut-être pour ne pas se sentir tout à fait dépossédé de son imaginaire) chercha une explication à ce curieux diktat, et crut la trouver, au moins en partie, dans le M majuscule formé par la martingale sur le manteau. Il l'avait vue des centaines de fois, cette foutue martingale, depuis le temps que le bonhomme lui apparaissait avec son large dos incliné vers l'avant, légèrement voûté. Mais alors, pourquoi pas Michel, Martin ou Mathias, Marc ou Maxime ? Il n'approfondit cependant pas davantage la question et s'habitua à appeler son personnage Magdiel.

*

Le fait d'avoir nommé l'homme de l'impasse (ou plutôt que celui-ci ait révélé son nom) excita l'imagination de Paulin Féborgue et l'envie le prit d'essayer enfin d'écrire un roman à partir de lui. Mais après plusieurs vaines tentatives, il y renonça ; Magdiel n'avait décidément pas l'étoffe d'un personnage de roman. Lui, si corpulent, compact comme un rocher de granit noir sur l'image qu'il s'acharnait à projeter (et de plus en plus à incruster) dans l'esprit de l'écrivain, perdait toute consistance dès qu'il s'agissait de passer dans les mots. Il se faisait brumeux, fluide, s'échappant au détour de chaque phrase.

Paulin Féborgue envisagea alors une nouvelle, espérant que cette forme condensée serait mieux appropriée à ce personnage taillé à la serpe dans un bloc de nuit. Mais là encore il échoua, sentant combien tout ce qu'il s'évertuait à écrire sonnait faux. Magdiel, de toute la puissance minérale de ses épaules harassées, disait non à tout. Et à chaque « non », c'était comme s'il frappait l'art de la fiction d'insignifiance et de facticité. Car ce n'était pas seulement telle ou telle intrigue qu'il refusait, comme un acteur déclinant la proposition d'un rôle qu'il estimerait ne pas lui convenir, ou simplement sans intérêt, mais le fait même d'entrer dans une histoire.

Paulin Féborgue dut s'avouer vaincu : Magdiel n'était pas « fictionnable ». Mais alors, qu'était-il, que voulait-il ? Car il devait bien attendre quelque chose, tout de même, sinon pourquoi aurait-il pris ainsi racine dans l'esprit d'un romancier, le hantant de sa présence taciturne ? Était-il un obscur messager du silence venu lui signifier l'inanité de toute écriture romanesque, ou plus particulièrement la nullité de tous les livres écrits par lui, Paulin Féborgue ?

Il tenta malgré tout de relever une fois encore le défi et il se hasarda dans une voie d'écriture qu'il n'avait jamais explorée. Il composa des textes très brefs, chacun mettant en scène l'énigmatique Magdiel tout en prenant soin de ne jamais l'impliquer directement dans l'action décrite (pourtant réduite au minimum). Magdiel, par sa seule présence sobrement esquissée dans chaque fraction du texte, donnait à l'ensemble son ton — un *la* grave et troublant. Il était le diapason du livre, comme dans certaines séries de fresques ou de tableaux un ange, ou un saint, représenté dans un coin de l'œuvre, sert de fil conducteur. Ou comme l'homme qui marche avec circonspection parmi les derviches tourneurs, les frôlant délicatement tandis qu'ils tourbillonnent afin de les préserver du vertige.

Pour bien souligner le tournant qu'il venait de prendre en s'aventurant dans d'abrupts petits chemins d'écriture qui bifurquaient en divers sens, Paulin Féborgue changea aussi sa façon de procéder matériellement. Il abandonna l'usage des feuilles et du stylo, ses instruments depuis toujours, et opta pour l'ordinateur. Magdiel l'incitait décidément à modifier toutes ses habitudes.

Et le récit allait bon train. Un récit où Magdiel passait presque en clandestin tant il y demeurait discret. Jamais l'auteur ne le montrait de face, ni ne lui prêtait la parole, obéissant de la sorte à l'inflexible interdit que Magdiel lui avait notifié du fond de son mutisme forcené.

Paulin Féborgue avait donc enfin trouvé un espace d'écriture viable pour son personnage si problématique. Il ne savait pas trop où il allait avec ce texte en fragments, mais il maintenait fermement le cap sur l'horizon du livre, stimulé par la difficulté de cette façon d'écrire inédite pour lui, et par le comportement un peu moins rétif de Magdiel. L'homme au manteau avait au moins cessé de se dérober complètement ; il semblait avoir consenti à conclure un pacte tacite avec l'auteur : figurer dans le texte, mais sans jamais y montrer son visage ni y prendre la parole. Magdiel inaugurait pour le romancier un nouveau type de personnage, très paradoxal, à la fois effacé, distant et omniprésent, taiseux mais éloquent dans son silence, fort de son nom tout en gardant l'incognito, inactif en apparence et néanmoins essentiel au récit dont, en vérité, il était l'âme même.

Jamais encore Paulin Féborgue n'avait eu à ce point l'impression d'écrire sur le fil du rasoir. Il sentait qu'il n'avait dû quitter la fiction, ou du moins renoncer à ses artifices, que pour mieux s'approcher du cœur de celle-ci. Un cœur de verre, comme un encrier à la transparence nébuleuse, et dont on ne sait trop s'il est plein ou vide.

Un cœur imprévisible. Le sien.

*

Un après-midi, alors qu'il travaillait à son texte avec ni plus ni moins de concentration et d'inspiration que les autres jours, Paulin Féborgue fut stoppé brutalement dans son activité, victime d'un attentat. Car il ne trouva pas d'autre mot pour qualifier le choc qui lui fut assené.

Tandis qu'il écrivait un passage mentionnant la présence de Magdiel accroupi sur un talus, quelque part au bord d'une route où circulait le narrateur du récit, il eut une vision, fulgurante.

Cette vision ne se produisit pas sur l'écran (Paulin Féborgue ne sachant taper qu'avec deux doigts rédigeait toujours le front penché sur son clavier et ne jetait que de fugaces coups d'œil sur l'écran), mais dans sa tête — dans ses yeux grands ouverts. Dans la prunelle.

Magdiel, sans crier gare, et sans aucune raison, était en train de lever lentement vers lui son visage qu'il avait jusqu'alors si habilement dérobé. Paulin fut saisi de stupeur et, à l'instant où le regard de Magdiel allait croiser le sien, il bondit de sa chaise et s'enfuit de son bureau dans un état de panique qui n'aurait pas été plus aigu si un python, un rat géant ou un assassin au sourire glacial avait surgi devant lui.

Paulin, le cerveau en apnée prolongée sous le coup de l'effarement, attrapa sa veste dans l'entrée et s'empressa de quitter son appartement. Il marcha un moment au fil des rues puis entra dans un bistrot. Après trois cafés et un petit verre de calva, il commença à retrouver ses esprits, et à s'interroger sur le pourquoi de sa panique. Était-elle justifiée, ou totalement ridicule ? Il retint les deux options : sa frayeur et sa fuite éperdue avaient assurément quelque chose de grotesque, néanmoins elles étaient motivées par un danger réel. Magdiel n'était pas un personnage comme les autres, il l'avait mis à l'épreuve, littérairement, plus qu'aucun autre ne l'avait fait, il l'avait forcé à bouleverser de fond en comble sa petite fabrique d'imaginaire, son style, son rythme, et jusqu'à ses moyens techniques d'écriture. Il était un personnage en creux, résolument énigmatique, il n'incarnait aucun caractère précis, aucune passion particulière. Il était pareil au souffleur qui autrefois officiait au théâtre, dissimulé dans son trou, suivant mot à mot le texte de la pièce pour rétablir dans un subtil murmure la mémoire défaillante des acteurs.

Il n'avait pas à sortir de sa fosse, il n'avait pas à monter sur la scène, il n'avait pas à brandir sa face en pleine lumière ainsi qu'un glaive!

Magdiel n'avait pas le droit d'exhiber aussi subitement son visage parce que son regard était mortel. Mortel, comme l'est pour les yeux le soleil au fort d'une éclipse, comme l'est pour l'ouïe une stridence suraiguë, comme le sont pour la peau le gel et le feu, comme l'est pour le cœur un choc trop violent. Comme le serait la main d'un ange saisissant un vivant par la nuque pour le convoquer au tribunal de sa propre conscience soudain investie d'une insoutenable lucidité.

Mortel, voilà tout, sans le moindre attirail pour infliger quelque plaie, sans arme ni poison ; mortel, du seul fait de la visibilité de sa présence. C'est ce que ressentait Paulin.

*

Calmé par sa marche dans les rues et sa halte au bistrot, Paulin Féborgue rentra chez lui. Son effroi avait été intense, mais finalement il s'était vite dissipé. Il ne restait qu'un certain désarroi, et un grand coup de fatigue.

Il revint vers sa table de travail, ne craignant pas le retour de la vision. La foudre ne tombe pas plusieurs fois au même endroit. Paulin considérait déjà l'étrange agression intérieure qu'il venait de subir comme un accident de parcours tout à fait exceptionnel et, refusant de céder à quelque stupide superstition, il voulut se remettre tout de suite à l'ouvrage.

L'écran était noir. Paulin manipula la souris pour qu'il se rallume. Mais il eut beau déplacer l'appareil en tous sens, puis en accélérant la vitesse, rien ne se passa. Alors il cliqua sur la souris, de plus en plus nerveusement, et enfin l'écran se ralluma. Du noir, il passa au blanc brillant. Paulin se remit à bouger la souris, cette fois pour afficher son texte. Mais pas un mot n'apparut, pas même le titre. Rien. Il passa des heures devant son ordinateur à tenter de le remettre en état. Le lendemain il appela un spécialiste afin qu'il l'aide à rétablir son texte, tout aussi vainement. Il en contacta un autre, puis encore un autre, chacun déclara forfait. Son texte était irrécupérable.

Quand Paulin Féborgue comprit qu'il n'y avait plus l'once d'un espoir de retrouver son récit, il laissa éclater sa colère, son dépit. Il ne se sentait nullement l'énergie de repartir de zéro ; il avait composé son récit par à-coups, sous l'élan de fugaces sursauts d'inspiration, et ne savait déjà plus ce qu'il avait écrit précisément. Écœuré, il en prit son parti et se jura de ne jamais plus se frotter à ce calamiteux personnage qui n'avait su que le mener en bateau depuis le début, et lui avait fait perdre un temps énorme. Il éprouvait de l'amertume à l'égard de Magdiel comme si un ami l'avait trahi, l'avait volé. Ou plutôt comme si un maître en imaginaire, laissant entrevoir de grandes promesses littéraires, s'était moqué de lui, se révélant un vulgaire charlatan. Un bouffon. Un salaud.

Il sortit pour aller prendre l'air, et rencontrer les personnages en chair et en os que sont les passants croisés en chemin. Mais quand il voulut rentrer chez lui, il en fut incapable. Il avait totalement oublié où il habitait. Il se mit à errer dans la ville.

La nuit tomba, il déambulait toujours au hasard des rues. Et il se cognait à tout et à tous, ne sachant plus évaluer les distances, reconnaître les formes. Plusieurs personnes qu'il avait heurtées l'insultèrent. Il ne comprit pas leurs paroles. Sa langue lui était devenue étrangère, rien que des sons. Des pensées pourtant filaient dans sa tête, il lui restait donc encore du langage, mais c'étaient des vocables incertains, évanescents, qui flottaient dans une nuée de points de suspension. Des mots bien trop faibles, bien trop pusillanimes pour pouvoir être proférés. Ces mots pauvres n'en traduisaient pas moins à leur façon dans son esprit éberlué sa nouvelle perception du monde. Une perception inversée : la ville était une chimère, les gens des idées en mouvement désordonné, la vie un jeu d'ombres, et lui-même une illusion. Mais une illusion pensante taraudée par une intuition aussi puissante qu'une révélation : la réalité n'était pas du tout là où il la situait, le rêve n'était pas un phénomène de prestidigitation cérébrale, mais les deux ne faisaient qu'un. La réalité était un souffle exhalé par un rêveur, et qui se déposait en buée, en fleurs de givre, en poussière solaire, sur la grande nuit cosmique.

*

Un vent mouillé de bruine glacée se leva. Il releva le col de sa veste et courba un peu la tête. Il s'engouffra dans une ruelle mais après quelques mètres il buta contre un mur. La ruelle était une impasse. Au lieu de revenir sur ses pas, il s'immobilisa devant le mur. Quel dormeur tourmenté avait bien pu exhaler ce mur de pierres rugueuses au cours d'un rêve ? Il tâta le mur, puis y colla son oreille, cherchant à percevoir le souffle du rêveur de ce songe minéral. Et il entendit battre, lourd, rauque et fiévreux, le pouls de l'humanité, et, plus sourdement, le bruit ténu d'un effritement — comme si des stèles de pierres gravées, devenues friables, se désagrégeaient, et que les lettres inscrites, en s'effaçant, émettaient un chuchotis d'appel. Il pressa son oreille plus fort contre les pierres mouillées, et il perçut encore un son, à la limite de l'inaudible. Un soupir.

Un soupir de silence froissé de larmes, tout bas, tout bas.

Alors il posa son front contre le mur, puis ses paumes, pesant de tout son poids en avant dans le désir insensé d'apaiser ce chagrin anonyme celé dans les pierres, et qu'il devinait immense.

Et il resta là, oublieux de tout, oublié de lui-même, requis par un unique souci, une unique urgence : faire contrepoids au vide, le soutenir, le maintenir vivant.

DU MÊME AUTEUR

Aux Éditions Gallimard

LE LIVRE DES NUITS, 1984 (Folio nº 1806)

NUIT-D'AMBRE, 1986 (Folio nº 2073)

JOURS DE COLÈRE, 1989 (Folio nº 2316), prix Femina

LA PLEURANTE DES RUES DE PRAGUE, 1991 (Folio nº 2590)

L'ENFANT MÉDUSE, 1992 (Folio nº 2510)

IMMENSITÉS, 1993 (Folio nº 2766), prix Louis Guilloux et prix de la Ville de Nantes

ÉCLATS DE SEL, 1996 (Folio nº 3016)

CÉPHALOPHORES, 1997

TOBIE DES MARAIS, 1998 (Folio nº 3336), Grand Prix Jean Giono

CHANSON DES MAL-AIMANTS, 2002 (Folio nº 4004)

LES PERSONNAGES, 2004 (Folio nº 5026)

Aux Éditions Gallimard Jeunesse

L'ENCRE DU POULPE, 1999

Aux Éditions Albin Michel

CÉLÉBRATION DE LA PATERNITÉ, iconographie établie par E. Gondinet-Wallstein, 2001

MAGNUS, 2005 (Folio nº 4544), prix Goncourt des lycéens

L'INAPERÇU, 2008

HORS CHAMP, 2009

LE MONDE SANS VOUS, 2011

RENDEZ-VOUS NOMADES, 2012

Chez d'autres éditeurs

OPÉRA MUET, *Maren Sell*, 1989 (Folio nº 2248)

LES ÉCHOS DU SILENCE, *Desclée de Brouwer*, 1996

BOHUSLAV REYNEK À PETRKOV, photographies de T. Kluba, *Christian Pirot*, 1998

ETTY HILLESUM, *Pygmalion*, 1999

GRANDE NUIT DE TOUSSAINT, photographies de J.-M. Fauquet, *Le Temps qu'il fait*, 2000

PATIENCE ET SONGE DE LUMIÈRE : VERMEER, *Flohic*, 2000

MOURIR UN PEU, *Desclée de Brouwer*, 2000

CRACOVIE À VOL D'OISEAUX, *Le Rocher*, 2000

COULEURS DE L'INVISIBLE, calligraphies de Rachid Koraïchi, *Al Manar*, 2002

SONGE DU TEMPS, *Desclée de Brouwer*, 2004

ATELIERS DE LUMIÈRE, *Desclée de Brouwer*, 2004

FRÈRES, photographies de Stanislav Kalimerov, *Huitième jour*, 2006

JOACHIM PATINIR, PAYSAGE AVEC SAINT CHRISTOPHE, *Invenit*, 2010

TROIS CONFÉRENCES, *Desclée de Brouwer*, 2011

CHEMIN DE CROIX, *Bayard*, 2011

Composition CPI Bussière
Impression Novoprint
à Barcelone, le 2 janvier 2012.
Dépôt légal : janvier 2012.
1er dépôt légal dans la collection : janvier 2010.
ISBN 978-2-07-040260-1./Imprimé en Espagne.

241399